LEANDRO CARLOS ESTEVES



# MEMÓRIAS DE UM MELANCÓLICO DELIRANTE

KOTTER EDITORIAL

LetraSelvagem

Coordenação editorial: Sálvio Nienkötter
Editor-executivo: Francieli Cunico
Editores-assistentes: Daniel Osiecki
Capa e ilustrações: Caco Bressane
Design editorial: Carlos Garcia Fernandes
Produção: Cristiane Nienkötter
Preparação do texto e revisão: Nicodemos Sena

Dados Internacionais de Catalogação na Publicação (CIP)
Angelica Ilacqua CRB-8/7057

Esteves, Leandro Carlos
Memórias de um melancólico delirante / Leandro Carlos Esteves. -- Curitiba : Kotter Editorial, 2021.
256 p.

ISBN 978-65-5361-001-9 (Kotter Editorial)
ISBN 978-65-89841-02-9 (Letra Selvagem).

1. Ficção brasileira I. Título

CDD B869.3

21-4524

KOTTER EDITORIAL

Kotter Editorial Ltda.
Rua das Cerejeiras, 194
CEP: 82700-510 - Curitiba - PR
Tel. + 55(41) 3585-5161
www.kotter.com.br | contato@kotter.com.br

Feito o depósito legal
1ª Edição
2021

LetraSelvagem

LetraSelvagem
Rua Cônego Almeida, 113
CEP: 12080-260 - Centro - Taubaté - SP.
Tel. +55 (12) 3426-8783
www.letraselvagem.com.br | editoraelivrarialetraselvagem@gmail.com

LEANDRO CARLOS ESTEVES

# MEMÓRIAS DE UM MELANCÓLICO DELIRANTE

Dedico esse livro a Leusa, Leticia
e Ana Livia, meus amores e a
quem tanto devo.

# SUMÁRIO

# MEMÓRIAS DE UM MELANCÓLICO DELIRANTE

Sinonímia: pícaro, ardiloso, velhaco, burlesco, ridículo, debochado, insensato, frívolo, leviano. Inane, nome de partner de ilusionista que flutua sem ponto de apoio.

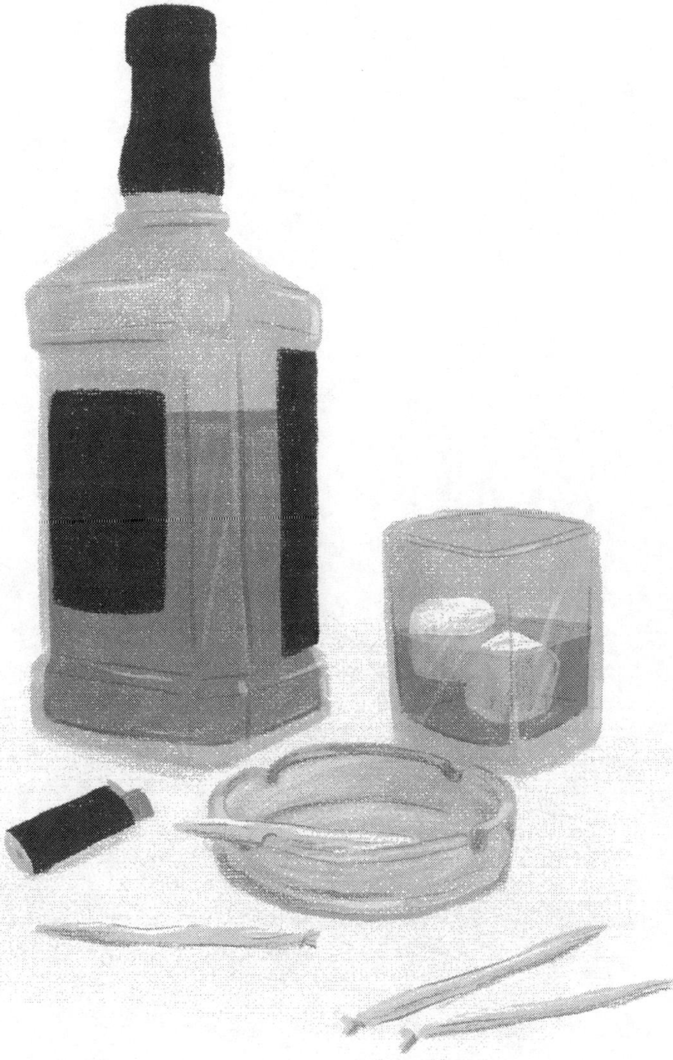

# A Bomba

Perdemos nosso tio Osvaldo, herói da FEB. Trago guardada a cruz de ferro do exército brasileiro. Missão confiada por minha tia que a espetou na minha gola de recém-nascido. Consola? Não consola. Nem ao menos conheci meu tio e não sei o que perdi. Somos filhos da segunda guerra e o cogumelo atômico explodiu ao lado. Arma final.

A morte também levaria minha mãe. Meu pai? Levou-o o cagaço de me ver nascer. Covarde. Não merece uma linha sequer nessas memórias.

Sou Picaresco. Andei por aí; fiz e não fiz. O leitor que aquilate.

Me formei professor, consegui vaga nos colégios públicos da periferia, para os quais me levavam os trens de subúrbio. Era quando via o cogumelo atômico se aproximar. Trazia na mente o horror dos habitantes ao redor de Nagasaki em 1945.

Vivi a guerra fria. As potências emitiam notas oficiais dizendo que poderiam destruir a terra vinte e tantas vezes, mais do que isso e mais ainda. Regularmente recalculavam seu imenso poder. Às vezes, era difícil não acreditar no Armagedon nuclear.

O trem era melhor que carro, melhor que ônibus. Chacoalhava e vinha apertado, mas a mim satisfazia: andava quatro quarteirões, tomava a composição, lia e dormitava no abafado, balanço e ruído das rodas a atritar linha de ferro. Acordava assustado na dúvida se perdera ou não a minha parada.

Pulava cedo da cama e ia à estação Barra Funda. Café na padaria Paulistano com o raiar do dia. O comboio passava por Prefeito Saladino e Mutinga. Gostava dos nomes. O trem me embalava com a melodia no início lenta: "se tem gente com fome/ dai de comer/ se tem gente com fome/ dai de comer". Depois com alguma velocidade: "Tem gente com fome/ tem gente com fome/ tem gente com fome". E dormitava nos versos de Solano Trindade.

A Barra Funda era uma estação antes da Luz. Apenas na Luz o trem enchia, pouco mais adiante, no Brás, transbordava de gente. Por isso ia sentado, sacava um livro e logo cochilava sono meio desperto, meio entorpecido, meio sonhando. No estado de vigília, a bomba explodia, voltavam as cenas do holocausto.

Eu devaneava como de hábito e haverá de testemunhar o leitor outras vezes se vencer essas páginas.

Hoje a chuva pesada nesses trópicos lembra-me Luisinha. Sempre desejo que a chuva não a apanhe. Em qualquer lugar, corro a invocar que não. Ela odiava quando a chuva grossa desfazia seu penteado, arruinava seu terninho, constipava. Eu a amei. Achava Luisinha linda, especialmente molhada e com os cabelos despenteados.

Mas que dizia? Que a bomba atômica me divertia? Sim, de certa forma. Ela passava meu tempo. Calculava se poderia alguém sobreviver, pensava no perímetro total que seria arrasado, na onda de calor que se expande depois da explosão, na chuva cancerosa. Esse era o apocalipse daqueles anos 1980 e 1990, cenário dessas memórias. São os meus anos, as décadas mudas, corremos o risco de não deixar traço, de torná-las estéreis.

Ria, passava a vida a cantar ao lado de minha Luisinha, não como agora que é morte em vida, eu sei. Mas ainda não é hora de falar do meu presente. Não vamos assustar o leitor.

# Jarbas e Woo

Amei duas mulheres: uma demais e da outra fugi; finalmente, estou só. Defendi minha solidão como o soldado a cidadela. Tenho dois amigos mais por insistência deles do que pela minha companhia de benefícios duvidosos. Desconfio que vão comigo até o fim, acompanhados, espero, de tia Lena que faz faxina no meu apartamento duas vezes por semana. Esse é meu inventário.

O primeiro amigo é o Jarbas, sócio fiel, colega de universidade, hipocondríaco e sempre perto de se deixar tomar pelo álcool. Apesar de sua crônica insegurança, teve a coragem de se casar com o mais belo par de coxas da universidade Oswaldo Cruz da Barra Funda, São Paulo.

Atormentava-se e perdia o sono corroído de ciúmes, vendo fantasmas de rivais por todos os lados. Há mais de vinte e cinco anos não consigo entender ainda como a disputada miss da psicologia o escolhera para namorado. Logo ele que vivia com lenços no nariz a assoar, padecendo de rinite constante, com ataques de alergia e acessos de coceira deixando marcas de unhas pelo corpo. Magro, míope, via-se fraco; e pior para o seu tão acalentado complexo de inferioridade: era estudante de relações públicas. Assim se pensava em meio às suas maluquices.

Conservou e acalentou a maioria de seus defeitos até mais de cinquenta anos. Apenas o ciúme deu-lhe trégua, muito tempo depois, quando o belo par de coxas acusou um pouco das penas de ter três filhos, e uma vida de trabalho e esforços arranhou sua fama de estrela. Sentia-se aliviado o Jarbas, embora mais hipocondríaco, medroso e inseguro do que nunca.

Éramos três a tocar um escritório de comunicação empresarial.

O terceiro chamava-se Woo, um homenzarrão de dois metros nascido na Coreia do Norte, com severos defeitos de fala, não por ser afásico ou gago, mas pelo simples fato de ter apenas metade da língua.

Isso é um problema para o narrador. Ter de falar de seu personagem sem ao menos se valer de um diálogo, pois Woo raramente se arriscava a falar. Sei que há personagens mais difíceis. Melville e Coetzee estão aí a provar. Woo era inteligente e, acima de tudo, eficiente, ao contrário dos personagens desses mestres. Tinha doutorado na universidade. Apesar de ter ido à sua defesa de tese nunca fiz a mínima ideia do que pesquisou ou escreveu.

Imigrou para o Brasil ainda nos seus primeiros anos. O que o tangeu de lá pra cá? O que teria acontecido para carregar não sei quantas cicatrizes e órgão decepado?

Se Jarbas e eu nos conhecemos estudantes com vida sem atribulações, jogando bola nos fins de semana e saindo com as garotas da universidade, a vida do imigrante Woo fora adversa até provar seu valor no trabalho e firmar-se como jornalista. Quase mudo, mas com impecável redação em português.

# Profissão: Avião

A memória lembra as marés e as ondas que batem na praia. Ao observador ocasional, postado na areia, o movimento do mar é aleatório, mas se perseverar com vagar, com tempo bastante para contar as ondas com mais ou menos água, com cristas salientes ou não, vai extrair uma regularidade, perceber uma lógica nos movimentos do mar. Poderá ao fim de algum tempo predizer seu comportamento e até se arriscar a pescar nas horas e dias mais apropriados.

A persistir observação e pesquisa, ficará evidente que incidentes longínquos como diferenças de pressão atmosférica, tempestades que se armam léguas mar adentro, perturbações do solo – interferem nas marés, tornando abruptas e inesperadas as mudanças no humor das ondas.

A ideia de movimento aleatório volta a se impor e a combinar com a regularidade das ondas e marés e passamos, então, a conviver com a regularidade aleatória: o previsível e o inesperado ao mesmo tempo. É dessa forma que nos assaltam os golpes da memória.

Queremos ordenar a sucessão de recordações, dar-lhes cronologia, encadeá-las. Num momento mostram-se dóceis ao nosso desejo, no outro escapam, fogem as lembranças e voltam vívidas, brilhantes a falar de outros pontos de vista, épocas diferentes, lugares e outras histórias.

Para quem quer colher os frutos da memória o melhor é aceitá-las no que trazem de regular e lógico, encadeadas aos solavancos, saltos, o mar que encrespa e assoma perigoso fluxo inesperado, ressaca a nos puxar para o fundo.

Assim é nesse livro de memórias, pois é como surgem à lembrança de Leonardo, o narrador, nome dado por minha mãe por muito apreciar o livro *Memórias de um sargento de milícias* de Manuel Antônio de Almeida, cujo personagem principal, o tal sargento, chamava-se Leonardo. Essas narrativas irão ao sabor da aparição das recordações, por isso será caminho tortuoso e por vezes desconexo.

Salto agora para mais de vinte anos depois da história dos estudantes Leonardo e Jarbas. A nova narrativa, previno o leitor, é um delírio. Não vou falar sobre visões oníricas e tampouco outra epifania, mas um delírio mórbido, afeito a doentes como eu e muito perigoso. Talvez o último delírio e que custará afinal, em boa medida, minha vida.

Hesitei em como apresentá-lo. Na falta de melhor juízo, decidi contá-lo exatamente como me abateu – por mais estranho, excêntrico ou tolo que possa parecer.

# I

O caso eu conto como o caso foi. Vaca é Vaca, boi é boi. Ainda que seja aborrecido para o leitor.

— Disque fumo? Isso existe? Como pedir comida em casa?

— Existe – garantia o conhecido que falava comigo. – Ainda outro dia liguei e consegui.

— Não é possível – eu insistia. Isso é muito perigoso. Imagine ligar pra uma boca de fumo. Vai todo mundo pra cadeia.

— É seguro, prometo. É o disfarce perfeito. Ligue pra dona Otacília e diga que quer umas costuras, reformas de roupas. Deixa o resto com a velha.

— Velha?

Dias depois, liguei. Estava com medo do tal disque fumo. Mas quando se está com quase cinquenta anos, com o cargo de diretor numa agência de relações públicas e jornalismo, não se consegue comprar maconha por aí como se fosse refrigerante, por isso liguei.

— Alô, é dona Otacília?

— É. Quem quer falar?

— Senhora (ainda não conseguia acreditar no que fazia), preciso de umas costuras, de umas reformas.

— Sei. Mas é para quanto?

— Quanto? Como assim?

— É, meu filho, de quanto é essas coisas que você quer? As reformas e as costuras.

— Ora, eu não sei. A senhora é que tem de avaliar. Fazer um orçamento.

— Que isso, meu filho? Não posso andar por aí sem saber.

Não atinava o que dizer e estava nervoso. A velha tinha razão. Não poderia sustentar aquela conversa mole estúpida, parecendo um colegial.

— De cinquenta. Isso: cinquenta – me senti mais ridículo ainda. Estava feliz por ter dado um palpite.

— Certo. Onde devo buscar as roupas?

Dei o endereço do escritório. A secretária que cuidasse dela. Não queria vê-la e estava bravo comigo mesmo. Tomei dois copos d'água, um atrás do outro, e transpirava muito. Tive de usar uma toalha pra me secar.

No outro dia, como prometera, ela veio.

— Mande aguardar – falei pelo interfone. – Preciso terminar umas coisas.

Não sei por que a mandei esperar. A verdade é que eu estava achando aquilo uma loucura. Eu havia encomendado droga. "É droga" – martelava a cabeça. E ainda tive a excelente ideia de envolver o meu trabalho nisso. Dei o endereço do escritório! Penitenciava-me.

Fui e voltei do banheiro duas vezes. Fumei lá dentro. Abafei com um lenço o detector de fumaça. Só pensava em como me livrar daquela velha.

— A senhora Otacília ainda o aguarda – falou ao interfone a Cris, minha secretária, muito bonitinha, mas com o caráter de uma cobra traiçoeira.

— Olha Cris, eu não sei...

Sem dar tempo para terminar, ela emenda:

— Não tem importância se esperar mais um pouco. Dona Otacília é uma gracinha. Está pegando mais umas reformas de roupas do pessoal. Imagine que ela é costureira da Leandro de Itaquera. Onde você conheceu? Não achava que homens soubessem...

— Da Leandro de Itaquera? – interrompi. – A escola de samba? Diga para entrar, Cris, quero vê-la.

— Oi seu Leonardo. Sou a dona Otacília.

— Leonardo? – deixei escapar.

— Não é esse o seu nome, Leonardo? Elas me disseram na recepção.

— É. Isso mesmo. José Leonardo – menti. Já havia mentido a primeira vez quando encomendei as reformas da dona Otacília. No auge do meu nervosismo, disse que me chamava José, como se isso pudesse me livrar de um futuro processo penal. – As secretárias falam qualquer coisa. Sente-se, por favor.

Disfarce perfeito, pensei. Uma senhora! Devia ter uns setenta anos, perfumada, maquiada, vaidosa sem dúvida. Esperta que se via nos olhos, aparentava boa disposição e saúde. E ainda fingia ser costureira da Leandro de Itaquera. Que coisa fantástica. O tráfico tem muito bom senso. Divertia-me com essas conjecturas e finalmente ficara calmo pela primeira vez desde que cismei de ligar para o disque fumo.

— Ai, meu filho – suspirou a agora adorável velhinha. Nesse meu ramo tenho de andar muito. Tomar ônibus.

— Mas os negócios vão bem, não é assim, minha senhora?

— Ah, isso é, meu filho. Desde que meu neto inventou isso...

— Seu neto?

— É, meu neto. Agora estamos juntos.

— Havíamos falado em cinquenta reais, dona Otacília – interrompi a conversa ao lembrar de que ali era *meu* escritório e eu não podia desrespeitar o ambiente.

— É verdade. Está tudo aqui.

E tirou da bolsa um volume que me espantou de tão grande: uma baita porção de maconha. Era o que chamávamos antigamente de "muca". Devia ter quatrocentos gramas, talvez meio quilo.

Achei melhor acelerar aquilo: "Aqui estão os cinquenta, senhora, muito obrigado". Rapidamente, peguei o que mais parecia um tijolo e enfiei na gaveta.

Levantei, despedi-me e ordenei: "Cris, a dona Otacília já vai, ofereça um café, faz favor" – e literalmente empurrei a velha para fora.

De novo sozinho, abri devagar a gaveta, como se a encomenda pudesse pular. Peguei, apalpei, cheirei. O que é que faço com tudo isso? Há muitos anos não comprava maconha. Um ou outro conhecido me dava um pouco ou, então, pegava alguma bagana generosa numa festa e fumava. A quantidade que eu usava era pequena, diminuía com os anos, e sempre suficiente. Bastavam uns três tapas às sextas-feiras e dava para "iniciar o fim de semana", como dizia a mim mesmo.

Não fazia a menor ideia de quanto seriam, em maconha, os tais cinquenta. Estava surpreso e perplexo: "O que eu vou fazer com tudo isso?".

# II

Vou oferecer uma parte para o Jarbas, decidi. Ele iria tomar um susto. Há muitos anos dividi um baseado com ele, então pode ser que ainda lhe faça serventia, raciocinei ou talvez me consolasse com a hipótese de me livrar de tamanha porção.

— Mas, aqui na empresa? – perguntou o Jarbas dando um pulo pra trás.

— Não se preocupe. O disfarce de quem trouxe é perfeito. Não houve problema. Então, quer ou não?

— Não, meu tempo de maconha passou, nem pensar. Hoje só faço padecer: triglicérides, colesterol, dieta, labirintite, só a ideia de diabetes...

E foi enumerando, enquanto eu notava que, com os anos, Jarbas assumira a palidez verde-água de escritório. Ainda era magro como quando nos conhecemos. Eu é que já acalentava uma boa barriguinha, mas não conseguia me aperrear com todas as doenças (reais e imaginárias) que torturavam meu sócio.

— Se a minha mulher descobre – ia finalizando o Jarbas – estou perdido. Eu já tive de prometer não comer nada com sal e, o pior, – já quase em prantos – largar o meu santo uísque de todo dia.

— Se você não quer, tudo bem. Acho que o melhor é guardar um pouco pra mim e jogar o resto na privada.

— E se a gente entregasse uma parte para o Ronilso? – sugeriu.

— Ronilso? – perguntei tentando me lembrar.

— É. O Ronilso. É claro que você se lembra dele. Agora ele é repórter *freelancer* no maior jornal de finanças do país, e a gente está precisando emplacar uma boa matéria lá. Tem cliente reclamando.

(Ao leitor que não está acostumado com uma agência de jornalismo e RP[1] daqueles anos, esclareço essa necessidade de "matéria a ser publicada". O maior faturamento da nossa empresa vinha dos serviços de assessoria de imprensa. Restando nos matar para conquistar matérias em jornais, revistas, sites e outras mídias de acordo com a vontade dos clientes, com assuntos que eles precisam apregoar ao mercado. Em geral, o valor dos contratos se mede pela capacidade do assessor em conseguir esses espaços, em quantidade ou qualidade.

Talvez os mais ingênuos imaginem que as matérias publicadas nasçam da proverbial curiosidade dos repórteres ou do apreço dos editores pela notícia. Nada disso. No mais das vezes as publicações são por conta da indústria das relações públicas da qual nossa empresa faz parte.

Antes que os doutos em matéria de comunicação corporativa me façam em pedacinhos, reconheço que muitos outros recursos são usados na profissão, para público interno e externo, de forma interativa ou unidirecional, mas minhas memórias não tratam disso, dedico-me apenas, como disse, às minhas lembranças e para elas basta esse gosto de pequena corrupção interpessoal que deixo aqui e retomo o diálogo).

— O Ronilso sempre se gabou que fazia e acontecia e que gostava de fumar – lembrei-me. Mas trocar droga por matéria no jornal, Jarbas? Depois o louco sou eu.

— Não. Não trocar por matéria. Eu só insinuo para ele que nós temos...

— Nós? E sua diabetes, Jarbas?

— Eu digo que temos e se ele quiser terá de vir aqui pegar. Deixamos um uísque...

---

[1] Relações Públicas

— Jarbas, se sua mulher souber... – sempre me divertia com ele ameaçando chamar a mulher, de quem tinha medo como crianças quando falam de suas mães.

— Me deixa falar – ralhou comigo. – A gente traz o Ronilso pra cá depois do expediente, enrolamos um baseado, ele bebe um pouco e a gente conversa. Se rolar matéria, rolou.

— Está bom, Jarbas – aquiesci. – Eu falo com ele. Mas isso está me parecendo a sua solução pra voltar a tomar uísque.

— Você concordou?

— É claro. Tudo bem. Mas tem de avisar o Woo. Afinal, é o gerente e aqui nada acontece sem ele saber.

— Então marca com o Ronilso para dia quinze, que eu falo com o Sampaio para vir aqui no dia seguinte.

— O Sampaio também?

— É claro. Why Not? – falou com aquele jeito de quem teve a maior ideia do ano. – Você não disse que tem um monte desse troço e que tem de se livrar disso? Pois é, podemos aproveitar e conseguir divulgação positiva pra alguns clientes. É uma ideia infalível!

# III

Para meu espanto, a matéria no maior jornal de finanças do país foi publicada. O Ronilso deu trabalho e tivemos que fazer tudo para ele, mas valeu: uma página e com foto do nosso cliente.

— Jarbas, você é mesmo um gênio – exclamei, com o jornal nas mãos. E isso veio em boa hora, precisamos negociar a renovação contratual e vamos ter aumento.

— E o melhor de tudo, Leonardo, você não sabe...

— O quê?

— O Ronilso falou da gente para o editor de tecnologia do maior jornal de finanças do país.

— E daí?

— Daí que o cara pediu que eu ligasse. Ele disse que quer nos visitar.

— Mas, espera aí, Jarbas, vamos dar fumo para ele também? Olha que esse troço pode dar problema.

Woo concordava comigo. Com sua cara asiática e redonda ele acenava negativamente com a cabeça. Woo era o chefe perfeito para o pessoal da redação, além disso era ótimo jornalista e não nos abandonaria jamais. Nunca seria recrutado por uma multinacional ou grande redação em função das dificuldades que carregava.

Porém Jarbas fazia pouco de nosso receio: "Achamos o jeito de dar uns malhos nesses caras – insistia. Eles vêm até o escritório. Imagine! E se prepara que o bebum do Sampaio falou disso para outros jornalistas numa mesa de bar".

— Mas não tenho tanta maconha assim.

— Ora, você não disse que era seguro? Que era o disfarce perfeito? Você aparece com o bagulho que eu garanto o uísque e a conta bancária.

# IV

— Alô. Dona Otacília? Como vai a senhora? E seu neto? Como? É. É sim, dona, o Leonardo. Não, agora eu queria duzentos. O quê? A encomenda é pesada? Olha se a senhora quiser pegar um táxi, a gente paga. Eu sei, é Itaquera. Na Leandro...

No outro dia lá estava a adorável velhinha fazendo a alegria das secretárias e auxiliares, contando histórias da tal escola de samba. Isso é que era avião.

Entrou na minha sala, sempre disposta, sorridente e bonita nos seus presumíveis setenta anos. Parecia a tia da gente. Dessa vez, confesso que foi quase decepcionante o tamanho da encomenda, mas me consolei pensando que não poderia ser quatro vezes maior do que o tijolo que me dera antes. Considerando que os editores do Ronilso e os amigos do Sampaio estavam no nosso pé, tudo o que ela trouxesse pareceria pouco.

— Bem feito pro Jarbas. Ele vai gastar muito mais no uísque pra essa turma toda – deixei escapar.

— O que foi meu filho?

— Nada não. Recomendações pro seu neto. Um abração pro Leandro de Itaquera. Cris! A dona Otacília já vai...

E nosso sucesso continuava. Os amigos do Sampaio foram até mais lucrativos que os editores do maior jornal de finanças do país.

Nossa agência emplacou matérias num tradicional jornal do país, na primeira página do diário mais vendido, e em portais com sete milhões de leitores. Nosso preço se multiplicava, os contratos valorizados e nossas festinhas no escritório cada vez mais constantes.

Porém, eu me preocupava com o que dizia a mulher do Jarbas sobre a saúde dele. Quantas vezes tive de sair das noitadas direto para o hospital carregando meu sócio. E tome glicose na veia diluída com plasil. O pronto-socorro me cansava mais do que os intermináveis rapapés regados à maconha com uísque pra saciar editores, repórteres e diretores que disputavam nosso ansiado convite.

A dona Otacília continuava firme, respondendo meus chamados prontamente e sua féria aumentava. Já havia chegado ao pedido de seiscentos e alguma coisa me dizia que logo bateria nos mil.

Fomos chamados, finalmente, para um almoço com diretores no restaurante do terraço do vigésimo terceiro andar do suntuoso edifício da maior editora de revistas do país. "Líder em 17 dos vinte segmentos em que atua", apregoava o diretor da unidade de entretenimento e games, como se eu não soubesse onde pisava. Justo eu que esperei tanto tempo para que isso acontecesse.

Eles queriam conhecer a agência de RP mais famosa do momento, saber o que pensávamos, quem eram nossos clientes, a história do crescimento repentino. Não os decepcionei com meus chistes inteligentes e bem-humorados, ensaiados a sós por anos e anos.

Todos lamentávamos o baixo nível do jornalismo que se praticava no país, em especial dos concorrentes da editora e deplorávamos a corrupção desenfreada dos nossos homens públicos.

Na saída Jarbas disse que a meta agora era a maior rede de TV do país. Um sistema de comunicação com jornais, portais, rádio, revistas e a campeoníssima emissora de TV. "Vamos ao Rio de Janeiro!" Empolgava-se: "Vamos ao Rio!".

— Tudo bem, Jarbas, mas toma cuidado pra gente não ir até lá de ambulância.

# V

Antes da previsível nova visita da dona Otacília, o avião mais eficiente da cidade, ainda ouvi a Cris comentar com Deusdete, a recepcionista:

— Acho que vamos patrocinar a Leandro de Itaquera, ouvi uns comentários – vangloriava-se a loiraça. – Imaginou? Nós desfilando na Leandro sem pagar nada? Essa agência é um sucesso. Nós vamos longe, Deusdete.

Passei com o café na mão, olhei para as duas, deixando claro que ouvira o que conversavam, mas nem me passou pela cabeça desmentir:

— Dona Cris, não conte com o ovo dentro da galinha – adverti. A loira fez expressões de cumplicidade. Surpreendente a minha capacidade de acreditar nas mentiras que eu próprio invento.

— Olá, dona Otacília. Está linda. Como vai? E seu neto?

— Vou bem. O senhor é meu cliente mais simpático – como se expressava bem. Realmente, ninguém acreditaria na profissão dessa senhorinha tão adorável.

— Ademais, meu netinho é um menino de ouro, seu Leonardo (tornava ela ao neto, seu anjo). Sempre trabalhando, me dando presentes. Um amor!

— A senhora me passa muita segurança. Não consigo imaginar a polícia parando a senhora na rua, revistando, dando geral. Nenhum guarda teria coragem de fazer isso...

— Ora, e revistar por quê? O senhor não tinha pedido mil? Está aqui.

E simplesmente me deu a bolsa de costuras inteira, virou as costas e chamou: "Cris! O cafezinho". Parecia zangada pela menção à polícia.

Procurei o Jarbas, fingindo preocupação: "Precisamos organizar essa bagunça. Limitar as visitas de jornalistas a três vezes por semana e fazer as reuniões em outro local".

— Outro local? Está maluco? Vai dar o maior trabalho, sem falar na despesa. Além disso, o nosso pessoal tem orgulho das nossas festinhas. Eles falam que veio o editor da "maior revista semanal do país". Veio o fulano e tal. Eles enchem o peito pra dizer que trabalham aqui!

— Não foi isso que eu quis dizer. Vagou o conjunto dos fundos, nosso vizinho. Vamos alugar e fazer um anexo da diretoria. Sala ampla, com tapetes, frigobar, escritórios grandes só pra nós. Quem vier nos visitar vai ficar mais impressionado ainda. O Woo toma conta desse escritório. Nós vamos para o outro, com secretárias novas (vivia pensando em me livrar da Cris), lá poderemos dar festinhas à vontade.

— Sei bem o que você está dizendo. Você quer é voltar a fumar no escritório – retrucou.

— Olha quem fala? O bebum do Jarbas.

— Quer apostar que você morre antes do que eu?

Ele sempre foi muito bom para respostas. O sucesso nos fizera felizes e brincávamos o tempo todo. Havia, porém, uma diferença de opinião: eu achava que os bons tempos vieram por causa da mistura explosiva de maconha com uísque. O Jarbas, apesar de não desprezar o poder dos *jabás*,[2] acreditava ser resultado, especialmente, de muito trabalho e dedicação.

[2] Dinheiro que se dá como gratificação; jabaculê; qualquer meio usado para corromper ou para corrupção.

# VI

E um dia aconteceu o que tinha de acontecer. O avião saiu da pista, derrapou e se espatifou.

— Alô, dona Otacília. Tenho umas encomendas pra senhora que vão render muito. Dessa vez é pra valer.

— Seu Leonardo, não vai dar.

— Não vai dar? Como assim? É brincadeira?

— Não. Não saio mais de casa. Estou com medo e muito triste. Estou sozinha. Imagina que meu netinho, a única pessoa que tinha na vida, meu netinho querido caiu com a cabeça pra dentro do portão da nossa casa, toda ensanguentada. Morto, mortinho, cinco balas...

Desliguei o telefone. Comecei a transpirar. Pensei: Meu Deus! Eu falando ao telefone com ela, como sou burro! A polícia deve estar gravando as ligações. São traficantes e um assassinato!

— Deusdete. Deusdete – liguei pelo interfone. Não estou pra ninguém. Melhor ainda, estou saindo agora mesmo.

Corri para o bar da esquina, sentei-me à mesa da calçada, pedi uma cerveja e fiquei remoendo o que ouvira ao telefone, vigiando a entrada do prédio. Sentia-me assustado, acovardado, perseguido.

O medo é uma sensação estranha. Parece que alguma coisa preenche o espaço no peito, comprimindo os pulmões. Sentia dificuldade para respirar, o coração aos pulos, bombeando e bombeando. Percebia um frio no corpo, um formigamento no lado esquerdo do peito, subindo para o braço.

Onde fui me meter, pensei, achando que viaturas da polícia cercariam a porta do prédio, e planejei a minha fuga: eu poderia dobrar a esquina uma vez, outra vez, desquinar ao contrário e chegaria ao ponto de táxi. Dali pagaria uma corrida para São Bernardo, nos arredores de São Paulo.

Antes da fuga, no entanto, ainda precisava falar com o Jarbas. Avisar da iminente invasão da polícia. Pedi pra usar o telefone: "Deusdete, fala pro Jarbas descer, sair e olhar para a esquerda".

O delírio galopava e eu não me dei conta. Chega o Jarbas: "Que foi? Que recado estranho. Porque não disse que estava no bar?"

— Não posso – e contei tudo:

— Jarbas, eu estou chocado. Em pânico. Compramos quanta maconha daquela senhora? Estou tentando somar quantos quilos de droga encomendamos para a dona Otacília. Qual nossa parcela de culpa na morte desse moleque? É claro que alimentamos essa tragédia, dizia aos soluços.

— Ora, isso foi o que ela disse – começou o Jarbas – a gente nem sabe se o neto existia... E se a Otacília inventou essa história?

Acharia engraçado o Jarbas se conseguisse parar de tremer e respirar normalmente.

— Não sabemos se foi polícia que matou o neto de dona Otacília, se houve morte – prosseguiu. – É mais fácil ter sido briga de gangue, de boca de fumo.

— Jarbas passou a discorrer sobre a natureza do tráfico, dos moleques que se tornavam soldados, dos chefes das bocas, dos maiorais. – Ou talvez nada disso tenha acontecido. Apenas a dona perfeita, a infalível se cansou de tomar nossa grana e se mandou.

— Pois é, o certo é que a fonte secou – respondi, ainda tremendo de medo. Depois dessa história, mesmo que mentirosa, nunca mais teria coragem de falar com dona Otacília de novo.

Jarbas respondeu baixinho:

— O pior é que temos de arranjar mais. Tem gente nos esperando.

— Mais gente? Não vai dar. Cancela.

— Nem pensar, agora é tarde demais. Temos que arranjar nem que seja só para essa última leva.

— Leva? Ô Jarbas, a fonte secou!

— Você tem de arranjar mais. Eu andei falando, ouvi promessas, repassei para aquela multinacional. Cliente nova.

— Você fez isso sem me consultar? E agora?

— Arranja outro fornecedor. É a última vez, garanto. Fique calmo: ninguém vai te prender. Respire fundo, foi apenas um susto.

# Terceiro Uísque

Onde encontraria outra dona Otacília? Aquela mulher tinha caído do céu. Nunca tinha visto aquilo. Eu era só um amador, nem consumidor de maconha me considerava. E deu no que deu: assassinato e um monte de gente atrás de nós. Que loucura era aquela? Se eu não arranjasse outro monte de droga, estaríamos perdidos. Era só o começo da agonia da queda. E o pior: a falência, demitir os funcionários, ruína, entregar o escritório, rescindir contratos... A falência e a vergonha. Eu era meu pior inimigo: exagerava, distorcia, devaneava.

Sem saber o que fazer, fui visitar o Bexiga, bairro boêmio dos meus 20 anos. Mas o lugar estava mudado. Onde o burburinho da rua? As meninas que passavam; gente, muita gente, tráfico, pano verde e carteado, cafés, música. Onde tudo isso?

Não era mais nada. Fui jantar no Monte Castello, uma cantina que vivia lotada no início da Rua 13 de maio. Dessa vez, estava quase às escuras com cheiro azedo e comigo somava exatos quatro fregueses tão engordurados quanto as paredes do local.

Pedi a mesma lasanha verde que alimentava minhas noites de estudante e pela qual podia pagar. O que me pareceu é que o garçom me serviu a lasanha que estava lá me esperando desde há trinta anos. De tão intragável, eu, sempre glutão, não cheguei à terceira garfada.

Estava procurando maconha, advertia a mim mesmo tentando afastar a nostalgia. Antigamente dobrava uma, duas esquinas e o bagulho chegava sem esforço. Do Monte Castello, subia para uns bares com sinuca da Rua Conselheiro Carrão, no máximo ia até a Vai-Vai na Rua Rocha, driblando putas e navalheiros, e pronto, estava tudo em cima: cerveja e maconha.

Dali ia até o Teatro Ruth Escobar para a última sessão. As moças do teatro eram as melhores. Toca voltar para uma cantina, um cigarro, vinho e se deus fosse bom pra mim, uma delas me levaria para casa. Ah, um banho quente, uma moça e sexo com maconha. Quanto mais fria a noite, melhor.

No entanto, meus olhos até duvidavam da desolação do bairro. Ainda existia o Piu-Piu e o café Bexiga, o resto tinha virado, na melhor das hipóteses, oficina mecânica e a maioria das cantinas só abria para almoço a quilo.

Desci até o palácio Tiradentes, no viaduto Maria Paula, em cima da Praça da Bandeira. Ninguém. Voltei e me lembrei do Terceiro Uísque na Rua Major Diogo, perto do Teatro Brasileiro de Comédia: fechado.

— Por favor, aqui não era o Terceiro Uísque? – perguntei a um transeunte.

— Terceiro? Fechou ainda no tempo do JK – gracejou na resposta.

Que pena. Puteiro de respeito. Mesmo assim, sorri da resposta. Entendi o que ele disse.

O Terceiro era de primeira. Tinha até fotografia do ex-presidente Juscelino Kubitschek no saguão de entrada, ampliada, rodeado pelas meninas do *night club*, lindas em volta dele com os penteados da década de 1960. As moças do Terceiro tinham as pernas torneadas, jambo e as bundas arrebitadas, redondas, macias como travesseiros de plumas. Ah, Deus como foste bom comigo. Eu não merecia. Sem a menor sombra de dúvida.

Amei, me apaixonei e deitei com as melhores mulheres do mundo. Lindas, carinhosas, inteligentes, de ventre quente, fortes.

Como lamento a vida que perco! Vivo de recordações baças.

No Terceiro, além das moças, víamos muita coisa boa da noite paulistana: Adauto Santos, sertanejo que passava boi e boiada; Noite Ilustrada cantando Vanzolini: Levanta sacode a poeira/ dá a volta por cima; o Trio Mocotó, liderado por Nereu e que tinha as manhas de cantar músicas em Nagô (pelo menos o Nereu dizia que era Nagô e todo mundo concordava porque ninguém sabia língua de africano: *A Tonga da Mironga do*

*Kabuletê*) e outros mais. Não se pagava para entrar, mas a consumação doía.

Subi para o Bar Redondo na Ipiranga, ao lado da Rua Teodoro Baima, do teatro de Arena Eugenio Kusnet. Redondo também não existia mais. Desci pela Rego Freitas, passei pela antiga gafieira Som de Cristal, "a preferida do Brasil", lembrei sorrindo do apresentador falando antes de anunciar o Jamelão (Ela disse-me assim/ tenha pena de mim/ vá embora... bateu meu coração por Lupicínio Rodrigues). Deixei parte dos meus joelhos lá. Fui um pé de valsa.

Vinha remoendo memória. Lá embaixo, perto da Rua Bento Freitas, havia o restaurante Transilvânia, onde pedi a Luisinha em casamento e ela aceitou, coitada. Contratei, na ocasião, um conjunto que tocava músicas ciganas e até chamei testemunha como convinha.

O matrimônio não iria durar muito. Pra mim nada dura muito. Nem a morte. Amores, profissão, sucesso. Na minha vida até o fracasso é curto e passageiro. Cansei do passeio à minha juventude boêmia e de esperar cair fumo do céu. Abordei um travesti na esquina da Avenida General Olímpio com a Major Sertório.

— Moça – chamei sem convicção. – Preciso de uma boa porção de maconha.

— Veio ao lugar certo, meu tio – respondeu sorrindo.

Reparei nos dentes: perfeitos, e ela, um manequim meio exagerado. Duvidei da sorte, mas o cansaço e a vontade de largar aquilo foram maiores.

— É muito? – reforçou, como quem me acorda.

— O quanto puder arrumar – emendei.

— Me dá cem paus que eu trago aqui.

— Não, minha querida. Vamos juntos.

— Não pode meu tio. Você não deve entrar onde vou.

— Então como fazemos?

— Vamos naquele bar ali. Eu entro no banheiro para pegar. Você espera ao lado do dono do bar.

Depois de meia hora esperando parado no corredor cheirando urina, me convenci que ela tinha saído por trás levando meu dinheiro. Ameacei ficar bravo com o dono daquela espelunca, que me chamou de velho bêbado, ameaçando com um porrete e até a chamar a polícia para me expulsar do bar fedorento. A mim, que ainda outro dia tinha almoçado no vigésimo terceiro andar da maior editora do país.

Achei melhor arregar, reconhecer o chute e ir logo pra casa antes de apanhar.

# O Pinto e Emídio

A notícia da morte do neto de Otacília jogou-me num estado de confusão, ansiedade e medo. Depois de uma noite mal-dormida, o dia se provou aziago. Refestelado na cadeira de diretor, tentava achar uma saída para a situação: onde arranjar maconha? Pensava: "eu devia ter continuado professor. Pobre, mas feliz". Minha cabeça parecia um sino, badalando de lado a outro.

Professor, qual nada. Esse negócio de RP e jornalismo dava muito mais dinheiro. Eu já não era obrigado a acordar cedo, cantar o hino nacional às sete e meia da manhã no pátio de uma escola pública de Santo André, depois de pegar trem de ressaca mal-curada. Ai que saudades do meu contracheque, suspirava.

Lembrei-me do dia em que chorei ao olhar o cheque com meus dados salariais impressos, aviltado por tão pouco que ganhava. Esse país não dava nada por seus professores. Não nos mereciam. Eu precisava de dinheiro para parar de tomar vinho vagabundo; andar de carro e não pegar ônibus; para comer quem eu precisasse a hora que quisesse. Para não fazer economia calculando como chegar ao final do mês.

Eu não era mais o professor Leonardo e há tanto tempo que a sensação de pobreza se misturava com lembranças de menino. Chegava a ser um tempo de poesia a minha santa e mítica pobreza. Mas isso era mais uma empulhação que eu fazia comigo mesmo. A pobreza é uma merda. Como alguém pode ter saudade de ser pobre? Se o cérebro badalava como um sino era porque fantasiava estar num beco sem saída, acuado e morrendo de medo. E nem sabia medo do quê.

Da ruína? De frustrar aquelas pessoas que esperavam minha maconha com uísque, ou dos vinte e tantos funcionários que aguardavam o salário do mês justo de mim? Meu deus, de mim! Era gente que tinha família. E se lhes falto?

O fantasma da maconha com uísque crescia. Acreditava que os dois eram imprescindíveis, indispensáveis. Um delírio com alguma base real: outro na minha vida. Chamem como quiser esse tipo de transtorno. Depressão, psicose. Eu chamo de melancolia delirante. Conceito antigo, mas muito mais bonito. E daquela vez o delírio iria finalmente cobrar um preço alto.

Lembrei-me do Emídio, amigo de infância, especialista em drogas. Confesso: quando garoto não fui flor que se cheirasse e nem tinha boas companhias (como lamentava minha tia). Emídio, depois de muita arruaça e confusão, se tornou investigador de polícia, podendo sustentar a sua boca de fumo acima de qualquer suspeita. Mas não o via há anos. Por onde andaria Emídio?

Eu remoía essas coisas na minha sala, porta trancada, sem coragem nem de abrir o e-mail, quando o fio das recordações dos meus amigos de escola me levou ao Pinto. Ele deveria saber do Emídio. Afinal se tornara advogado criminalista. Um "porta de cadeia" famoso, respeitado e o Emídio fora seu cliente. O escritório dele não era longe. Telefonar para o Pinto? Nem pensar. Não falava mais ao telefone.

A avassaladora ansiedade continuava a oprimir o peito. O delírio campeava. Por que essa agonia? Afinal, as coisas estavam indo bem.

A maior editora do país publicara uma página sobre a empresa na Revista Cláudio (cerca de novecentos mil exemplares) com uma lista dos nossos clientes. Na página, a foto do Jarbas de terno e colete. Tivemos de passar pomada no rosto dele, pois fora acometido por um súbito ataque de acne. Mesmo que as tais espinhas não pudessem ser vistas, ele não poderia ser fotografado com um "verdadeiro abacaxi na cara", berrava.

Além do mais, a reunião na maior rede de comunicação do país fora marcada. Tudo teria de funcionar.

— A dona Otacília não veio e ela deixou umas reformas por fazer – era a Cris no meu interfone.

— Não se preocupe, nosso patrocínio na Leandro de Itaquera está garantido.

Ela agradeceu, mas nem essa mentira me tirou do foco: a maconha! Resolvi ir até o escritório do Pinto sem marcar hora.

# I

— O que você quer com o Emídio?

A pergunta do Pinto me despertou. Preciso ter tato e não estragar tudo, pensei. No fim, o encontro foi amável. Ele me abraçara e éramos dois amigos que se reencontram depois de muito tempo.

Perto da hora do almoço, no dia em que encontrei o Pinto, me anunciei na portaria do prédio e, depois de alguma hesitação, estava em frente da secretária me explicando: "Sou um amigo de infância. Passei aí na frente e resolvi subir. Se ele não puder me receber, não tem problema. Diga que o Leo da Rebouças esteve aqui a procurá-lo ... Ah! Então posso esperar".

Menti dizendo que pensava fazer uma comemoração com a turma do ginásio. Rever nosso time de futebol. "Sei que você não era do time, Pinto, mas era da classe. Eu acho que a gente devia se encontrar. E você, como vai? É advogado famoso. Tem filhos?"

Falava sem parar, mas estava tranquilo. A visão do Pinto, sorridente, mais velho, magro como sempre, dera-me uma inesperada sensação de segurança.

— Deixa disso – disse finalmente o Pinto. – Não sou advogado famoso. Melhor o Paulinho. Lembra? É Ministro do Tribunal. Eu só me defendo. O caso do pai que matou a filha me deu projeção, mas minha vida é a cadeia. Poderia te contar cada uma que deixaria você aliviado com o seu trabalho de publicitário.

— Publicitário não. É comunicação empresarial – rebati.

— Sei. Vi aquela matéria da revista Claudio. É tua empresa, não? Isso sim que é vida: solteiro, dinheiro, mulheres, palestras, imprensa badalando. Não minha vidinha besta de homem casado, tributável.

Lá ia o Pinto declamar. Ele, baixinho, franzino, e, no entanto, tinha sido o orador da turma do ginásio.

— Não quer almoçar? Não? Não tem fome? Ah, sei. Nunca almoça. Não tem problema, vamos tomar um cafezinho com sanduíches. Petisco é o que não falta nesse escritório – convidava-me sorrindo.

— Então – voltei ao assunto – por isso queria achar o Emídio. Ele era o capitão do time. Lembra daquela música que a gente cantava pra ele? "Quando jogava bola era chamado para capitão, mas a vida tem os seus revezes...": o *Chico Brito*.

Ele me estendeu um de seus cartões onde se lia "Criminalista", e sentenciou profético: "Tome meu cartão. Vai precisar. O Emídio evadiu-se. Deve estar com o Dé".

— Dé Cruz? Perguntei.

— Isso. O caso é que o Emídio foi acusado de oito assassinatos. Os processos de cinco deles já estavam em andamento. O que eu poderia fazer? Forjei um laudo médico. Paguei um doutor fajuto pra embaralhar a investigação. Colocamos no laudo: "Paranoia". Isso não vale um caco furado perante o juiz, mas foi o bastante para que a polícia parasse de se intrometer e ele fugir. Insisti que fosse lá para o mato e não voltasse, pois eu não poderia mais protegê-lo, e consegui pôr nos processos a frase: o réu está em LINS, lugar incerto e não sabido.

— E o Dé ainda está no sertão do Goiás com o Salviano?

— E espero que o Emídio esteja com o Dé socado mais ainda naqueles matos, perto da caverna da onça.

— Lindo lugar! – suspirei – Foi ótimo vê-lo, mas você é um homem muito ocupado – desculpava-me, sem esconder a única coisa que me interessava: o paradeiro do Emídio.

— Não perca meu cartão – recomendava sorrindo ao levantar-se para "apertar os ossos". Fique longe do Emídio. Não se envolva com o tráfico. A cana é pesada e você não aguenta; não é feito desse barro.

As vozes da razão não faltaram. Jarbas, Woo e o Pinto foram sinceros, mas um delírio me tinha e não dei ouvidos.

# Barra Funda

Lembrava-me do Emídio, depois da nossa infância, na Barra Funda, início dos anos 1980. Eu morava na Rua Conselheiro Brotero, três quadras abaixo do viaduto Minhocão e era casado com a Luisinha. Emídio ao visitar-me aconselhou: "A barra aqui é pesada, se quiser dou uma olhada na Lapa e você muda pra lá".

Meu prédio era pequeno, de quatro andares, sete apartamentos, tinha no térreo a loja de Doca passarinheiro, com gaiolas expostas na rua, filtros de barro, varas de pescar e a tralha toda pra se fazer pipa, balão, buscapé de São João, armadilha, alçapão. A especialidade eram os canários belgas e cardeais que Doca trazia não se sabia de onde.

Era perigosa a Barra Funda daquele tempo. Uma vez, desci para buscar cerveja e tive de pedir licença para o ladrão que tentava arrombar a fechadura da pesada porta do meu prédio. Ele ficou desconcertado e eu morto de medo. Finalmente fui obrigado a mudar de lá depois de um entrevero com a turma dos moleques da rua de cima. Tardei a acolher o conselho do Emídio e perdi a Luisinha: *you broke my heart, baby...*

Os homens, naquele sábado de manhã, quando da visita do Emídio, estavam banzando na rua, sentados jogando caxeta, puxando samba, torrando churrasco de gato e, mais do que tudo, fumando maconha. A rua toda recendia a *cannabis.* Era quase um gueto: a polícia não entrava lá à toa. Precisava de comboio: várias baratinhas[3] e camburão.

E o comboio da PM foi recebido a rojões. Os bichos soltos resolveram dar uma calorosa recepção àquela ousadia e soltaram fogos de artifícios bem barulhentos na direção das viaturas. Os policiais, tensos antes e apavorados quando dos estrondos, responderam com fuzilaria. Logo, os habitantes da Rua Conselheiro Brotero, perto da Rua Barra Funda, foram se

[3] Como popularmente era chamado o carro Fusca, fabricado pela Wolkswagen (N. Ed.)

entregando um a um. Cada rendição provocava aplausos, mais rojões, assovios e algazarra da molecada, enquanto um sorridente meliante se enfiava na traseira do camburão. No mesmo dia voltariam todos, presos apenas para averiguação, sob acusação de vadiagem.

Meu prédio ficava perto do São Paulo Chic: o primeiro dos templos da noite baixa da cidade, matriz da escola de samba Camisa Verde e Branco dos tempos dos dois Tobias e quartel general do Tamba Maquinado e canalha, que davam as ordens nos arredores. Gente perigosa e pronta para encarar até o Emídio.

Havia alguns lugares afamados na época pra quem era pé de valsa e gostava de namorar. O Som de Cristal, a gafieira mais conhecida; o Clube Piratininga, perto dali, na Avenida Angélica, para mulheres com um pouco mais de idade; o Sandália de Prata, em Pinheiros, que reunia a moçada do pano verde; o Garitão, também a poucas quadras, império das empregadas domésticas; e o São Paulo Chic, frequentado por sambistas, estudantes, poetas e pelos malucos do lugar. Ali dentro não se ouviam tiros, e os que eram dados, a bateria não deixava escutar.

Mas o monte olimpo do samba de São Paulo continuava sendo o Paulistano da Glória, Rua da Glória, limite entre os bairros da Sé e Liberdade, ponto do Geraldão Filme, cabeça involuntário da rixa que separava a nação do Vai-Vai, escola da Bela Vista, localizada no Bexiga, e os torcedores da Camisa Verde e Branco, agremiação da Barra Funda.

SALÃO
SÃO PAULO CHIC
ANTARCTICA
SALÃO
SÃO PAULO CHIC
ANTARCTICA

# O Menino e sua Bicicleta

Tive muita sorte. Para um menino órfão desde cedo, foi como se o destino decidisse um basta. É demais não ter mãe. A partir disso, tive chances e oportunidades, mas, obstinado, tramei contra a sorte radiante e projetei apenas minha miséria.

Comecei por, desde quando lembro, não acreditar em nada. Mantinha distância das batinas dos padres, fazia pouco do nacionalismo dos militares, olhava com olhos pacientes aos parentes que queriam que progredisse; dava as costas ao amor e os ombros aos ideais. Seria chão, nunca me alteei.

Interrompo aqui a história do Emídio, maconha e uísque para retroceder à minha infância e juventude nos tempos de ginasiano, futebol e do Camisa Verde. Minha tia e protetora tinha uma pequena casa, rés do chão, na Rua Capote Valente, bairro de Pinheiros, próxima à Avenida Rebouças. Ela me matriculou na Escola Estadual Alarico Silveira, na mesma Conselheiro Brotero, onde anos depois moraria com Luisinha.

Minha tia, aposentada, fora muitos anos professora daquela escola e me manter lá era a oportunidade para continuar o convívio com os professores, funcionários e toda a raça de diretores, bedéis, supervisores e orientadoras que se encarregavam da bronca na meninada. Ela se tornou a alma da associação de pais e mestres, levantando fundos para o material gratuito, para as festas juninas, formaturas, além da esperada merenda da criançada.

Todo dia eu passava de bicicleta por dentro da Associação Atlética do Hospital Universitário, continuava pedalando pela Faculdade de Medicina e descia a ladeira da Rua Major Natanael em direção à Avenida Pacaembu para alcançar, depois de uma puxada sentida na subida, a Barra Funda e meu colégio. Ia de manhã sentindo o frio e a molhadeira da garoa nos pés, mãos e rosto, feliz como um menino.

Minha tia presenteara-me com uma bicicleta Monark quando percebeu que eu preferia enfrentar a pé os mais de quatro quilômetros que me separavam do colégio a ter paciência para esperar o ônibus que passava em hora incerta. Voava na ladeira, deslizava na magrela, passava pelo clube municipal e pelo estádio do Pacaembu quase sem tocar nos pedais. Tomava impulso na avenida entre os carros ou desviando das pessoas nas calçadas e sempre chegava cedo à escola.

Amava minha pequena Monareta. Sabia tudo sobre ela. Eu mesmo consertava os pneus com cola de sapateiro e borracha dura usada para refazer freios; coloquei um motorzinho acoplado à roda que gerava energia para um farolete, muito embora não a usasse à noite. Instalava buzinas, enfeitava quando dos feriados nacionais, disputava corridas com a molecada. Estiquei a altura do selim até que meu peso, multiplicado pelos anos, fez a coitada entortar as rodas.

No fundo da mochila com os cadernos e livros, levava um par de chuteiras e um bico, pequena bomba manual para encher pneu e uma bola de capotão vazia para a coisa mais importante: jogar futebol, seja na quadra da escola, na praça Nicolau ou nos muitos campos de várzea da Barra Funda. Jogar bola era minha religião. Vivíamos organizando campeonatos, escalando times e meus colegas não me deixavam voltar para casa. Eu era o que morava mais longe (por isso ganhei o apelido de Leo da Rebouças) e, se voltasse, levava a bola comigo.

Almoçava às pressas cada dia em casa de colega diferente, corríamos para fazer as lições e nos encontrávamos no jogo de bola, na esperança de sermos vistos pelo Pelezão e quem sabe chegar a algum time inscrito na federação.

O Pelezão era leão de chácara do São Paulo Chic e um dos mais afamados ritmistas da "furiosa", a bateria da escola de samba Camisa Verde e Branco. Fora jogador profissional, defendeu a Ferroviária de Araraquara junto com o Dudu, e se aposentou organizando os times do Camisa. Tinha esse apelido pela semelhança com o rei Pelé, mas bem uns quinze centímetros mais alto. A esperança maior era ser chamado por ele e formar no time juvenil ou no aspirante do Camisa que, diziam, já tinha enfrentado o Guarani de Campinas e até a própria Portuguesa de Desportos, além do Nacional, clube que sediava o melhor campo de futebol daquela várzea.

Caprichamos tanto que metade do time da Alarico Silveira se mudou para o juvenil do Camisa. Jogávamos todo sábado na quadra da escola e acabei um orgulhoso integrante do Camisa Verde e Branco, iniciando nas alas mirins e disposto a fazer de tudo, até empurrar carro de destaque na avenida. Com o tempo atingi o modesto cargo de passista da escola. Troquei o futebol pelo samba.

Perto dos meus dezesseis anos, eu passava a maior parte dos meus dias na Barra Funda, fosse no Colégio, no Camisa ou no São Paulo Chic que sempre estavam cheios de meninas bonitas e compassivas. Ainda tinha problemas com o Juizado de Menores, então eu lutava pelo Camisa pois quem não fosse peixinho não nadava e nem entrava em casa noturna.

Foi assim que me meti nas disputas da Barra Funda com a Bela Vista. Diziam que essa briga começara no navio negreiro. E a rixa se acirrou na apuração do carnaval de rua de 1976, quando a Vai-Vai perdeu por pouco para o Camisa, mesmo com o enredo sobre o poeta popular Solano Trindade.

Para muitos, eu sei, a memória da música popular brasileira são os festivais da canção promovidos pelas emissoras de TV. Deles tiraram ânimo. Para mim, os festivais foram os de Bexiga, Barra Funda, Lavapés, Peruche, Casa Verde.

A Vai-Vai não ganhava nada há anos, ainda sem título desde que os cordões paulistanos se transformaram em escolas de samba. Chamou o Geraldo Filme, "sambista imortal da Pauliceia", e apresentou o carnaval com o Solano como tema, se engalanou toda, gastou o que não tinha e perdeu justo para o Camisa que conquistara o terceiro de quatro títulos consecutivos. Os do Bexiga saíram xingando de ladrão e prometendo troco.

# A Legenda de Solano Trindade Contra o Cinema

Muitos anos se passaram desde aquele carnaval e quase ninguém mais fala de Solano Trindade e das peripécias do cinema popular brasileiro. Para o eu menino que estava lá, o que importava era derrotar a Vai-Vai; apenas hoje, forçado que sou a refletir, digo que foi a única vez na vida que pertenci a algo maior e seu significado amplo ainda me escapa. Naqueles dias de samba, a somatória de almas criou um espírito do tempo, fato raro. Um espírito negro. Fiquei quatro anos bêbado de samba, depois me afastei em busca da satisfação. Queria pleno de gozo. Queria mais.

Solano já era poeta, dramaturgo famoso, militante negro de proa quando veio morar no Embu, periferia de São Paulo, e recriou o Teatro Popular. As festas no seu barracão duravam três dias inteiros e iam Plinio Marcos (autor maior), Geraldo Filme, Osvaldinho da Cuíca, Carlão do Peruche, Zeca da Casa Verde, Toniquinho Batuqueiro. Foram também Raul Seixas, Novos Baianos, Milton Nascimento e a cidade de Embu deixou de ser Guaçu para ser Das Artes.

Solano era invocado. Foi preso por conta de comunista, seu poema *Tem Gente Com Fome* lhe rendeu livro apreendido e provocou a censura em discos de estrelas da música. Por vingança, seu filho Chico foi morto nos primeiros dias da ditadura militar.

Contra a legenda de Solano, Ideval, Zelão e Jordão fizeram o samba enredo sobre o cinema dos estúdios da Atlântida, a chanchada que o Camisa apresentou no carnaval: "Maré ô, Maré Levou/ Indo afora a mostrar/ voar, voei, cruzei o mar/ eu sou o cinema popular".

A despeito da poética levada pelo Bexiga, o samba com as vedetes da Boca do Lixo e o carinho que a plateia tinha pelas chanchadas de Grande Otelo e Ankito, renderam o título para a Barra Funda e não por decisão dos juízes como reclamaram.

E o Camisa embalou no ano seguinte com o mesmo trio de compositores apresentando o melhor samba enredo jamais feito em São Paulo, o ápice de toda a grandiosa escola da Barra Funda. O samba ganhou sozinho, independente de alegorias, destaque e visual. Chamado *Narainã - a alvorada dos pássaros*, a cadência é inesquecível: "Era de manhã/ Narainã ali chegou/ no reino encantado/ A sinfonia a patativa/ que cantou ...". Vai crescendo e não havia quem não cantasse o refrão arrasa quarteirão: "Era de manhã \ Narainã ali chegou..." E terminava com uma lenda indígena na qual o guerreiro se transformava em pássaro. E o Vai-Vai foi de novo para o segundo lugar.

O troco veio em 1978, quando figurantes do Camisa tiveram suas fantasias rasgadas e foram corridos da concentração por um sururu dos diabos que estourou antes do desfile começar. Tudo baseado em paulada, garrafada, bofetada. Os do Bexiga juraram inocência. Os da Barra Funda nunca acreditaram. A Vai-Vai finalmente foi campeã, interrompendo o pentacampeonato do Camisa, penalizada pela perda daqueles componentes.

# Quem quer ver o Samba Amanhecer

"Aonde vai?/ Caramuru/ eu sou Vai-Vai/ Camisa vai tomar no cu". A Bela Vista cantava e a rixa nas ruas perdurou. Dois anos depois parecia que o sururu tinha sido ontem. Os do Bexiga eram marrentos: "A nossa agremiação é que é escola de samba; vocês não. Vocês só tem dinheiro. São campeões porque mostram os peitos das mulheres e com o favor de mercenários".

Diziam a respeito, especialmente, do Delegado que trocara a Mangueira do Rio de Janeiro pelo Camisa. Veio morar na mesma Rua Conselheiro Brotero, no porão onde Inocêncio Tobias e Dona Sinhá (axé, meus velhos) guardavam os instrumentos da Escola. Delegado foi o mais importante mestre-sala da história do Samba. Era chamado de dez vezes nota dez.

Gaiato, elegante e esguio enganchava uma perna atrás do joelho da outra e dançava com uma só. Teve quatro temporadas na Barra Funda e nunca repetiu uma coreografia; no tempo em que a bandeira não podia tocar no mestre-sala senão perdia ponto, a improvisação tinha muito peso. O certo é que Delegado trouxe mais gente do Rio de Janeiro e fez o Camisa pular na frente de todos, pois já contava com mestre Neno, Lagrila, Talismã e os batuqueiros todos: Telha, Saci, Dadinho, Paulinho, Jamelão, Sarará e Carlos Alberto Tobias.

Os passistas tinham liberdade de rodar entre as alas da escola e nossa maior missão era ficar de olho no mestre, ou de olho em quem ficava de olho nele. Delegado também era diretor de harmonia: se apertasse o passo, a escola se apressava, e quando parava para flutuar (sim, ele levitava) todo mundo podia caprichar nos passos da dança ou no coro do tarol. Delegado não morreu, apenas desencarnou. Era uma entidade que possuía o Senhor Égio Laurindo da Silva.

No entanto, o pessoal da Bela Vista tinha um pouco de razão, porque o Geraldão Filme era da Vai-Vai. Por isso, escola de samba era a deles e nós, uns aproveitadores.

O samba que o Geraldão fez para eles tem cadeira cativa na história. "Quem quer ver o samba amanhecer/ vai no Bexiga pra ver/ vai no Bexiga pra ver/ O samba não levanta mais poeira/ asfalto cobriu nosso chão/ Bexiga hoje é só arranha-céu/ e não se vê mais a luz da lua/ Mas o Vai-Vai fica firme no pedaço/ é tradição e o samba continua/ quem quer ver o samba amanhecer/ vai no Bexiga Pra ver" ... Bom demais.

Geraldão era militante cultural, um dos organizadores do carnaval, entrava e saia de qualquer lugar feito feiticeiro tupinambá. Ele fez um samba chamado *Praça da Sé, sua lenda, seu passado, seu presente*, no qual falava de Tebas, que foi pra avenida pela escola de samba Paulistano da Glória, fundada por sua mãe dona Augusta.

Em tempos antigos, na cidade de São Paulo, havia uma gíria: "Esse aí é um Tebas". Querendo dizer: ele é valente, preciso e hábil. Muita gente chamava a própria cidade de Tebas e seria por isso que São Paulo crescia e viria a se tornar uma das maiores do mundo. O adjetivo veio do quimbundo Teba.

Esse samba enredo conta quem foi o primeiro Tebas: um negro escravo que ergueu as torres da igreja matriz da Sé, canalizou esgoto e trouxe água desde o Vale do Anhangabaú até a Fonte da Misericórdia que jorrava na Praça da Sé. Foram as primeiras obras de higiene feitas por aqui ainda no século XVII. Se os portugueses escravistas não sabiam o que era saúde pública, outros povos não ignoravam.

Geraldão fez outro samba, dessa vez sobre o assassinato de Pato N'água, Valter Gomes de Oliveira, um dos melhores "apitadores", mestres de bateria e que era da Vai-Vai: Silêncio/ o sambista está dormindo/ ele foi, mas foi sorrindo/ o apito de Pato N'água emudeceu...

Sempre alinhado, o Pato usava ternos, preferia linho claro, estilo malandro antigo e era folgado. Tinha três mulheres: uma no centro, outra em M'Boi Mirim e mais uma que morava em Suzano. Tomou um táxi, um dia de 1969, e fez o motorista rodar a cidade toda para visitar as esposas. Quando chegaram enfim a Suzano, o motorista já pensava que fosse tomar um calote, e o Pato o fez esperar mais de uma hora enquanto se deixava nos braços da sua terceira mulher.

Desconfiado, o motorista avisou uma rádio patrulha que estava por lá: "É um negão assim e tal, estamos rodando desde manhã e agora ele entrou numa casa e sumiu". Os guardas lhe deram caça, acharam o Pato e deram voz de prisão; segue a fuga, e ele foi encontrado, mais tarde, numa lagoa, de bruços. Morreu na ponta da baioneta. Duas estocadas no ventre abaixo das costelas, enfiadas de baixo pra cima. Na água os ferimentos de baioneta se fecham.

Foi assim que o apito de Pato N'água emudeceu. E o samba do Geraldão sentenciava: Partiu/ não tem placa de bronze/ não fica na história/ sambista de rua morre sem gloria/ depois de tanta alegria que ele nos deu...

O que fez a gente entrar na rixa com a Vai-Vai foi o próprio Geraldo. Afinal, ele era do antigo Largo da Banana, região de estiva e jogo de pernada, tiririca, na Barra Funda. Desde muito novo foi ele quem divulgou os batuques do largo: "Alô Alô/ Gente Bamba/ A Barra Funda é que é terra do samba".

Dava pena vê-lo na Bela Vista ligado ao pessoal da Vai-Vai. Brigávamos de ciúmes. No entanto, no fim da vida, com sua grande generosidade, Geraldão dedicou seu último samba de novo à Barra Funda: "Levo Saudade/ lá do Largo da Banana/ onde nóis fazia samba/ todas noites da semana/ Deixo esse Samba/ Que eu fiz com muito carinho/... Adeus Barra Funda".

E assim, vingado: Axé, meu pai Geraldo Filme; com a benção de São Jorge, Axé Ogun guerreiro, meu pai. Que o Senhor encontre a paz.

Quanto a mim, abandonei mais uma vez a sorte que batia a minha porta. Às vezes, a vida parece ser um rio. Nunca é a mesma. Ora desaba lá, ora acolá. Seria feliz no samba, mas o que me comovia, por ora, eram as meninas da faculdade. A vida é inebriante e nunca consegui escapar à sua torrente semovente e errática.

# You Broke my Heart, Baby

"Adeus, berço do samba/ eu vou-me embora/ vou sambar noutro lugar". Como Geraldo Filme, eu também deixei a Barra Funda e fui morar na Pompeia, perto dali.

Na verdade passei boa parte de minha vida na Barra Funda. Lá fiz ginásio, colégio, faculdade. Namorei, joguei futebol, conheci o samba e as gafieiras todas. Foi onde aprendi a pedir a bênção; fiz a cabeça. Conheci a religião.

Depois de me casar, voltar para morar ali era uma solução natural. Mas, dessa vez, abandonaria a Barra Funda para sempre. Trocaria o pastel da feira livre pelos canapés das recepções, o trem de subúrbio pelas viagens internacionais e me encaminharia para a morte insepulta onde estou.

A Barra Funda foi boa para mim também depois do meu casamento. Era professor, início de carreira, e as oportunidades de trabalho estavam no ABC, região metropolitana de São Paulo, lugar onde os professores mais velhos não queriam ir porque longe e não compensava ir de carro.

Eu, ao contrário, ia de trem e morava perto da estação Barra Funda. De lá chegava a Santo André e Mauá em uma hora no máximo. Para Luisinha também. Nova como eu, era advogada e do nosso bairro alcançava o centro da cidade em poucos minutos, onde trabalhava na Rua Boa Vista.

O aluguel do apartamento em que morávamos era a metade do preço de outros bairros. Onde acharia um apartamento de dois dormitórios e tudo mais, senão na Barra Funda? Pra lá parti primeiro, logo Luisinha me acompanhou.

Era uma graça a Luisinha. E quando ia para o trabalho, então? Metida naquele *tailleur*, com as batatas da perna para fora. O cabelo rabo de cavalo e sorriso brilhante, sempre aparecia mais um gavião interessado na moça. E eu os via a arrastar as asas pra cima da minha Luisinha, realmente encantadora.

Passamos anos sorrindo. Nosso amor nos bastava. Ríamos tanto que rimos de uma cena que, antes, deveria nos alertar.

O Maverick vinha atravessando a rua onde morávamos, nós de mala na mão, e ele a carregar nos braços uma moça estilo passista. Ela se debatia, ou fingia debater-se, e ele nos saudando com acenos de cabeça dizendo: "Que posso fazer? Ela me ama".

Ele recebera esse apelido porque tinha um carro com o mesmo nome que poucos anos passados fazia a alegria dos *playboys* e que era vendido de segunda mão na ocasião. Era um negro com mais de 1,90, retinto que só. O carro Maverick era preto, vidro fumê e o tal era o xerife do quarteirão. Era ele quem falava com o Tamba e dava as contas das desavenças dos moradores.

Luisinha sempre me alertara para o destino dos nomes. Ela dizia que os nomes dados à pia batismal tinham alguma coisa de projeção. A força que os pais empregam nos nomes, de alguma forma, misteriosa para mim, iluminam a caminhada de seus filhos.

No livro que fez nascer meu nome, as *Memórias de um sargento de milícias*, Manuel Antônio de Almeida tem um personagem histórico do Rio de Janeiro em 1808: O Vidigal. Ele "era o rei absoluto, o árbitro supremo de tudo o que dizia respeito a esse ramo de administração; era o juiz que julgava e distribuía a pena, e ao mesmo tempo o guarda que dava caça aos criminosos; nas causas de sua imensa alçada não havia testemunhas nem provas, nem razões, nem processos; ele resumia tudo em si, sua justiça era infalível; não havia apelação das sentenças que dava".

Por seu turno, Maverick ainda tinha a quem prestar contas. Diziam que nos seus julgamentos não se aceitavam justificativas e recursos. Administrava assim sua estranha justiça. O destino dos dois Leonardos (o de Manuel e o de minha mãe) seriam marcados por policiais farsescos. Não atinei com isso. Quem o havia notado era a Luisinha e não fiz caso.

Um dia Luisinha apontara na Conselheiro Brotero afogada num imenso maço de flores. Mal podia andar; a baixinha não conseguia ver o chão. Maverick se prontificou, como gaiato e graçola que era, a ajudar a donzela em apuros para atravessar as ruas.

O caso é que coubera a Luisinha uma causa trabalhista. A pendenga era mixaria e os doutores do escritório confiaram-na. Ela desincumbiu pra lá das medidas e arrancara boas compensações por maus tratos à grávidas.

O processo era contra uma estamparia com um sistema singular de automação, no qual as operárias golpeavam um grande botão vermelho para a próxima peça cair-lhes à frente na linha de montagem ou máquina, não lembro ao certo.

O patrão só contratava mulher. Recebiam menos e se podia pisar mais facilmente em suas cabeças. Cinco delas engravidaram; e o movimento de bater no botão enquanto sentadas fazia efeito tal que comprimia o ventre, dando mais vontade de urinar que o normal. Sabedor desse efeito colateral, o patrão inteligente resolveu simplesmente limitar o uso dos sanitários a duas vezes por dia por operária e recomendou rigor aos feitores.

As grávidas não aguentaram. Por vezes se aliviavam onde sentavam, por vezes rompiam o cerco dos feitores. Receberam então as punições previstas: além da vergonha que passaram, tiveram prejuízo salarial. Ninguém dava um tostão pela causa, mas minha Luisinha conseguiu mais do que se poderia esperar. Merecia cada um dos muitos botões de rosas com que as operárias a haviam presenteado.

Maverick começara carreira como jogador de basquete. Recusado no Clube Paulistano, dos jardins, por ser negro, levou sua sofrida habilidade e a parede que significava sua caixa torácica para o Palmeiras. Depois se emendou como leão de chácara de *nightclub* e fazia as vezes de dublê para assaltos.

Tomou um tiro na garganta, "na estrita função do dever", como contava às gargalhadas. Seu papel nada mais era do que se jogar na frente dos policiais depois de um assalto se houvesse perseguição, fazendo de conta que era obra do acaso. Função que assemelhava ao que fazia como pivô e dono de garrafão.

O resultado é que era divertido vê-lo conversar: invariavelmente abaixava-se um pouco e pressionava a glote com os dedos para encaixar um fio de voz metálica, consequência do balaço. Cismava a dizer-nos que uma das grávidas beneficiadas por Luisinha viria a ser sua parente. Senti-me protegido do xerife.

Então veio a noite da briga com a turma dos molecões da dona Cotinha, da rua de cima. Dormia com a Luisinha no nosso quarto, segundo andar, que dava de janela para a rua. Um barulho familiar de motor me despertou: era o meu carro, um corcel velho.

Voei na janela, acordando de um salto a Luisinha. Abri e vi uma meia dúzia de meninos, de dezesseis e dezessete anos mais ou menos, em cima do meu corcel com janela estilhaçada a golpes de chaves de fenda e um deles se dedicando a quebrar a barra da direção. Já tinham feito a ligação direta.

Berrei e ralhei com a molecada. Um deles me disse: "Que foi, meu tio? Que está acontecendo?". A desfaçatez me cegou. Alcancei a calça no gancho da parede e desembestei pela escada, sob os protestos da Luisinha, muito mais calma e inteligente do que eu.

Na rua peitei o primeiro deles jogando-o ao chão e percebi que eles olhavam amedrontados para a Luisinha que fazia escândalo da janela na tentativa de me salvar a pele. Ela apontou para a esquina da Avenida São João e berrou: "Olha lá, Leonardo. Tem uma viatura ali".

Não tinha, mas entendi. Passei a chamar e gesticular para a viatura inexistente. Os moleques, desconcertados, pelo sim pelo não, escaparam. Correram cada um pra um lado diferente como de costume. O engraçado é que um deles correu na direção da viatura inexistente.

Olhei desolado para o único bem que orgulhosamente declarava no imposto de renda: Corcel 77 luxo. Todo quebrado. Arrastei-o até o estacionamento do quarteirão. Lá fui recebido pelo funcionário que, com má vontade, me deu toda a solidariedade: "Aqui, só mensalista". Consenti que me roubasse, paguei um mês inteiro para guardar o carro. Dois dias depois, o Manolo, funileiro e mecânico, pegou o carro e cobrou alto como todos faziam ali para colaborar com os vizinhos nas horas difíceis. Também dois dias depois recebi o primeiro bilhetinho, pregado na porta do meu apartamento.

Notei que quem o colocou passou pela porta da rua do edifício, pesada e sempre trancada, como se não existisse. Estava singelamente escrito: "Nós vamos te matar". Os meninos, por certo, se recuperaram de tamanha carreira que demos neles. E quem os fez correr? Um branco bundão feito eu. Eles se morderam.

Passa uns dias, mais um bilhete: "Nós vamos te matar de verdade!". Achei melhor avisar o Maverick. Ele aperta a glote e me diz depois de pouco meditar: "Esses moleques a gente controla até eles cheirarem cola. Depois, é o demo".

Fora suficientemente sincero. Respondi que, sendo assim, iria embora de lá.

Ele, rápido, me disse: "Você deixa a vaga do estacionamento pra mim?". Mas que cara de pau, pensei, e ofendido repliquei: "Faça bom proveito". Ele finalizou: "Então vamos lá falar no estacionamento?". O que eu não tinha de aguentar...

Algum tempo depois, no sobrado, numa vilazinha da rua Tucuna, onde morava, o telefone me despertou à noite: "Aqui é da setenta e sete DP.[4] Uma mulher de nome Maria Luiza,

[4] Delegacia de Polícia.

advogada, diz ser sua esposa e pede para falar-lhe. Isso é verdade, cidadão?".

Confirmei, mas o que significava aquilo? Acusavam minha mulher de alguma coisa?

— Olha, professor. É professor, não? Aqui é o agente Siqueira e ninguém acredita que sua mulher tenha culpa, mas o procedimento é esse. O senhor entende? Sua mulher estava na cena do flagrante e...

— Flagrante? Que flagrante?

— Ela estava com o Maverick que também confirmou que é seu amigo.

— Meu amigo? Senhor, o que está acontecendo?

— É que a gente estava filmando o Maverick faz tempo. Ele dá umas bandas numa boate, depois noutra, vai e volta a noite toda. E onde ele passa, ele deixa um tanto da branca, volta para pegar mais, de modo que se você pegar o homem no meio desse caminho vai parecer que ele leva pouca cocaína. Mas o cara é uma tremenda mula. E naquele *night-club*, no momento do flagrante, ele estava acompanhado de sua mulher, cidadão.

— E quantas vezes, se vocês filmaram, ele esteve com Luisinha?

— O cidadão tenha paciência, mas os detalhes do caso estão com o juiz. No entanto, posso adiantar que ela nunca fora vista antes com ele.

— Fala pra ela que eu estou indo. Não demoro nem cinco minutos.

Foi constrangedor na delegacia. Luisinha se disse envergonhada e que seria a primeira vez que ela se deixava convencer pelo Maverick. Mas "logo na primeira vez deu nisso" – ela destacava e apelava para que eu acreditasse. – "Nada aconteceu entre nós" – ela garantiu várias vezes.

— A polícia apareceu e não deu tempo de "acontecer" alguma coisa – comentei num desconsolo.

Acudia-me a teima que há tempos conhecia meu inesperado rival e não percebia. As estúpidas mesuras que Maverick fazia foram, afinal, tomadas por cortejo ou coisa pior – cismava. E não consegui dar qualquer valor ao que Luisinha falou na última noite em que a vi.

— O Teixeira, do seu escritório, já está vindo pra cá. Ele te tira fácil daqui. Quando sair, já estarei fora de casa. Pode ir pra lá – sentenciei. O divórcio não seria problema, não havia nada para repartir.

— O Teixeira? – perguntou exasperada, muito preocupada com a repercussão do caso no escritório onde trabalhava.

Tomei a pior decisão da vida. Desgracei-me mesmo. Deixei a Luisinha. Dei adeus à Barra Funda; adeus também ao professor Leonardo. Nada mais me faria acordar às cinco da manhã e enfrentar a estação de trem. Seria rico e tomaria vinhos finos. Mulher? Só se a comprasse: a soldo. Assim me tornei solitário.

# O Apartamento da Rua Cotoxó

Esclareço ao leitor uma série de circunstâncias que se passavam comigo e talvez compreendam, quem sabe desculpem, a série de incidentes e peripécias e o motivo de desastradas decisões. É hora de interromper as narrativas da Barra Funda.

Como Bentinho no segundo capítulo do *Dom casmurro* informa por que corre na pena, também devo dizer. Bentinho escrevia para que ele próprio conhecesse os motivos do seu destino. Morava em uma casa do Engenho Novo, na solidão, e queria descobrir por que tivera triste fim. Como eu, asila-se para ordenar as memórias.

Era fantasista o Bentinho. Não que inventasse coisas e tivesse visões. Antes, ao contrário, foi calculista: sabemos dos olhos de ressaca de Capitu, sua esposa, tão bem descritos foram, como as marés que a todos tragam ao fundo do mar. Sereias. Mas consumiu-lhe a mórbida desconfiança de que o filho fosse fruto de traição de Capitu exagerando os fatos que remoía. A desconfiança obsessiva lhe turvara o destino. Também eu quero saber por que termino isolado.

Enquanto Bentinho se dedicava a jardinar, plantar cenouras e tinha a companhia de um criado, eu morava confinado ao andar térreo de meu apartamento, na Rua Cotoxó, Pompeia, outrora duplex, com quarenta metros quadrados à disposição e com uma diarista duas vezes por semana e que eu fantasiava ser visita de minha tia. Era a dona Lena, com certeza o ser humano que mais eu via. Fora nossa faxineira dos tempos da Luisinha e de quem, por vezes, por ela tinha notícia. Eu não conseguia mais frequentar o andar de cima do apartamento por causa da isquemia que me tolhera os movimentos do lado direito do corpo.

O AVC sucedera a um ataque do coração que quase me matou. Vez por outra subia de bunda a escada reta e desumana. Depois tentava me equilibrar no andar de cima, numa bengala ou muleta, dependendo da dor no joelho que me sobrara, para ver um pouco, matar a saudade de meu quarto e banheiro luxuoso que foram meu descanso tempos antes.

Se Bentinho lamenta a mobília e vestuário velhos, eu usava surrados pijamas e as saídas de casa eram aventuras planejadas detalhe a detalhe. Desbancara-o em matéria de fim miserável.

Houve dois motivos mais notáveis do que outros, suficientes para a situação em que me encontro. O orgulho e o fato de ser portador de um distúrbio. Uma espécie de transtorno delirante. O orgulho era daqueles de ferro e que se herda, do qual falava Drummond se referindo à Itabira onde sofrera as noites brancas e sem mulheres das roças iluminadas nos fundos do interior.

Não que eu me perturbasse pelo Maverick, não por ele, mas por qualquer um que me desafiasse e ainda mais se disputasse as atenções de mulher. Não procurei reatar com a Luisinha, mas vá lá: ainda de ferro o orgulho de meus vinte e seis anos.

Contudo, o que era aquilo de adeus ao professor Leonardo: abandonar minha profissão? Passo do qual me arrependeria muitas vezes; donde essa história de mulher só a soldo? Essas coisas selaram meu destino. Se soubesse à época dessas decisões que tomei; se fosse consciente de que era a primeira manifestação ainda embrionária da melancolia sobre mim, não deixava ir-se minha vida assim.

Maus passos, decisões piores, mas a vida segue sendo imperfeita. Foi aí que me liguei ao Jarbas, colega de universidade que tinha sonhos de ter a própria agência de relações públicas. Eu era pedagogo e julgava-me qualificado para essa tal comunicação corporativa, ou que o valha (não poderia ser mais intrincado que um texto de Rousseau).

Fundada a sociedade, gastando a herança de minha tia mais os cobres do Jarbas, nos faltava um jornalista e achamos o Woo. São dois amigos que tenho e que me visitam, muito embora menos que minha tia Lena; e que fazem mais: dão-me, ainda em nome da antiga sociedade, a quantia única que tenho ao mês. É pouco para o tratamento médico e foi o que me restou.

Quando meus amigos me visitam uma espécie de diabrete me faz mais intragável e intratável do que sempre fui. Praguejo, reclamo, cuspo, me deixo babar, demoro-me em imprecações, inconveniências. Depois conto os dias para que voltem. Na véspera, me arrasto arrumando coisas e roupas para que me mostre o melhor possível. Quando os vejo, torno-me subitamente abjeto.

# A História de Emídio

Emídio se tornara investigador na Polícia Civil; ignoro como. Nada antes faria supor esse futuro. Ele era justo o oposto do que um policial deveria ser. Mas, estava lotado na sétima DP da Lapa, "nice place to him". Levara à Lapa seu antigo hábito de passar fumo. Aliás, na verdade: Emídio tinha uma boca de fumo e vendia do preto e do branco.

O encontro na paz. Só cuidava da boca, a delegacia que se fodesse, pouco aparecia. Lá tinha vivido às turras com todos, brigava com o delegado e distribuía barrigadas a torto e direito. Não era de se admirar que as pessoas não lhe cobrassem o trabalho. Como dizia o velho Bukowski: "Há um longo e escuro caminho até o estacionamento". Era de difícil trato o Emídio.

Vivia na boca ou na Rua Catão, metido em um puteiro maneiro, com sauna e massagem.

Emídio gostava de mim, talvez por tê-lo tratado com civilidade no tempo em que se fosse recebido a cusparadas, seria o menor dos males. Carregava um três oitão cano longo, arma de embate a curta distância. Tinha barba ruiva, cabelos envelhecidos precocemente e era gordo de barriga grande, bem mais larga que os ombros.

Usava camisas de mangas curtas de abotoar, estufadas logo abaixo do umbigo, que espremido pelo cinto também baixo, pulava para fora e se mostrava feito um ovo a estalar-se. Roncava e fedia.

Mais tarde, num de nossos encontros, me explicou: "O achaque é mais fácil que o tráfico. Estou expandindo os negócios: montei uma empresa de cobrança".

Tenho de dizer-lhes que este era o tempo da inflação. Tempos de Sarney e Collor. Sei que nem todos passaram por isso: inflação que se movia de crônica a aguda 'qual piuma al vento'. Emídio tornara-se parte do trabalho. Consciente ou não do que fazia, não importa: o Emídio cobrador era conveniente.

Saía com a viatura policial, carteira de investigador na mão e não havia cobrança que não fizesse ou chantagem que não desse certo. Cobrar era um afazer cotidiano naqueles anos. Um dia que demorasse o pagamento de qualquer fatura, significava perder até 3% do valor por causa da hiperinflação. Numa semana chegaria a 25% de corrosão. Cobrar rapidamente tornou-se arte e obsessão. Havia bocas a sustentar.

Era infernal conviver com a hiperinflação. As famílias corriam aos supermercados logo depois de receberem os salários para realizar o melhor investimento: estocar caixas e caixas de mantimentos comprados da forma mais rápida possível. Aumentava-se o preço das mercadorias várias vezes ao dia, as maquininhas de remarcação cantavam o tempo todo aumentando os valores nas etiquetas dos produtos. Muita gente procurava nos corredores dos supermercados para ver onde estavam ajoelhados os remarcadores e corriam a pegar a mercadoria na frente deles ainda com o preço velho. Qualquer mercadoria. Lembro até da falta de espaço nas notas fiscais para acolher tantos zeros que a moeda desvalorizada nos obrigava a escrever. O Emídio cobrador, ideia e tanto.

Quando dos muitos homicídios, Emídio voltaria somente à boca de fumo. Tinha sido expulso da corporação e o advogado Pinto apareceu com um diagnóstico médico dizendo que ele era paranoico, sofria com visões persecutórias, delírios e era inimputável. Até aí aceitaram, mas na polícia civil ele não poria mais os pés.

Antes disso, divertira-se e muito no afazer de cobrador e também, digamos, representante empresarial para assuntos não muito agradáveis. Quando voltou de um encontro com o responsável pelo aluguel de nosso escritório que pretendia aumentar o preço, narrou que o primeiro tapa ecoou logo que o incauto queixara-se de nós. Como poderia o Emídio levar desaforo para casa? Depois de uma série de socos na cabeça, "que não deixam marcas, enfiei o cano na boca dele. Pena que estava frio. Você precisava ver quando o cano quente entra na boca: eles se derretem" – dizia às gargalhadas o investigador modelo da sétima.

# O Sequestro da Cocaína

— Tem algum pra emprestar?

Era o Emídio. Apesar de meu amigo viver sempre mais abonado que eu, não era de guardar dinheiro e às vezes ficava sem nenhum.

— Tem isso aqui. Quer?

— É pouco. Quero pra fazer um negócio. Precisava de um tanto. Leonardo, você é empresário e vive com esses pixulé minguado. Tu és um otário.

— Olha quem fala. Quem pediu grana? Pra quê?

— Deixa. Melhor não saber. Eu me viro por aí.

Devia ser coisa pesada, pensei. E era, soube do caso tempos depois. Faltou o branco na boca de fumo. Devia estar parado em alguma delegacia do interior, à espera de lance maior. Isso às vezes acontecia e o prejuízo era grande, já que a cocaína sempre foi muito mais cara que a maconha.

Resolveu apertar o trabalho de cobrador, ver se tinha viração maior no achaque. E a viração apareceu. Foi a um supermercado desses de redes de subúrbio cobrar uma conta não paga a mando de alguém. O Plano Cruzado, do governo Sarney, havia determinado o congelamento de preços nas gôndolas e jogara na lona os menores supermercados. Os grandes varejistas podiam abaixar preços e estavam comendo os pequenos. Enfim, o caloteiro não lhe dera trabalho algum. Só foi ver o revólver e já pagou em dinheiro vivo.

Na saída do escritório, ao passar por dentro do estabelecimento, Emídio viu a sorte lhe sorrir.

Dois seguranças passavam com um menino de seus quinze anos de idade entre eles. "É o Artur, filho da Aurora", percebeu o investigador num relance. Baixou a cabeça e deixou o trio passar com o garoto quase arrastado. Foi atrás.

Aurora era uma das moças do puteiro da Rua Catão. Negra, pequenininha e bonitinha que só. Quando abria o sorriso, não havia marmanjo que não se derretesse. Era uma das preferidas do Emídio, sempre alegre e maneirosa.

O trio entrou por uma porta perto da saída do estacionamento do supermercado. Emídio esperou um pouco e abriu a porta que dava para um corredor e mais três portas. Uma delas estava trancada e ele ouviu o que parecia ser uma discussão. Deu meia volta e foi vagarosamente para seu carro.

Pegou a escopeta, encheu o bolso de cartucho e voltou ainda mais devagar. Devia ser uma visão bem ameaçadora o Emídio carregando a escopeta no ombro, camisa aberta, barrigão à mostra e o distintivo da civil, enorme, pendurado no peito. Entrou pelo mesmo corredor, atraindo a atenção e bateu na porta trancada:

— Abram a porta! É a polícia civil. Investigador Emídio. Quero ter um particular com vocês.

Nada. O vozerio estancou. Já uma porção de funcionários se acotovelava no início do corredor, atraído pela escopeta daquela figura.

— Vou contar até cinco e quero ver essa porta aberta.

Contou e nada. Apontou a escopeta para a fechadura e puxou os dois gatilhos de uma vez só. A porta, que era dessas de duas folhas, abriu num estrondo. Emídio entrou com a escopeta às costas e o trinta e oito cano longo na mão.

- O que vocês estão fazendo com esse garoto aqui trancados?

Artur reconheceu o investigador, amigo de sua mãe:

— Eles querem me bater...

— Cala a boca moleque que eu perguntei pra eles. –Emídio foi chegando: – E então negão, vou repetir só mais uma vez. O que vocês estão fazendo trancados com o garoto?

— Nada não... O tapa estralou para todo mundo ouvir.

— Fala, filho da puta!

— É que o garoto estava roubando umas coisas e a gente chamou ele aqui pra conversar.

— Mentira! Eles queriam me bater.

— Fica quieto moleque. Mais uma vez que você falar eu deixo eles te quebrarem a cara. É cárcere privado, cidadão – Emídio explicou pausadamente para os dois seguranças debaixo da mira do revólver – , Artigo 148, pena: reclusão de um a três anos. Vou arrastar todos pra delegacia.

— Tenha dó, senhor policial. Essa é a nossa função. Somos seguranças, somos obrigados a reprimir esses pequenos furtos...

— É isso mesmo, meu camaradinha – respondeu Emídio, mantendo firme o cano na cara deles. – O crime tem mandante. Vou levar o distinto pra delegacia também. Vai todo mundo em cana.

Sem se virar e nem parar de encarar a dupla, Emídio gritou para os funcionários parados no corredor: "Avisem para o gerente, diretor ou que porra for que tá dando as ordens por aqui que ele deve se apresentar imediatamente nessa salinha. Ordens da polícia."

Retirou do bolso e balançou um par de algemas na cara dos seguranças. Algemou um ao outro, jogou a dupla no chão, mandou Artur se sentar calado numa cadeira do canto e sentenciou: Vamos esperar o figurão e, depois, pra delegacia.

Passou uma hora e pouco. Emídio havia fechado o que sobrara da porta, renovado os cartuchos da escopeta e esperava acocorado numa mesa, até que ouviu uma voz fora da sala:

— Aqui é o sargento Moraes, da PM, fomos chamados por ocorrência de furto. Tem alguém preso aí?

Emídio se dirigiu aos seguranças: Ora, os guardinhas chegaram, que surpresa! Aqui é o Emídio, investigador da sétima da Lapa. Estou aqui com um caso de cárcere privado, apenas aguardando o mandante para recolher os meliantes. Não preciso de reforços. Está tudo sob controle e vocês podem voltar à ronda.

Depois de alguns momentos, a mesma voz voltou: – O colega não entendeu. A segurança aqui na região do supermercado é nossa. A Lapa é do outro lado da cidade. A jurisdição é problema nosso. Temos uma ocorrência de furto pra averiguar. Pode entregar os suspeitos que a gente toca.

— Furto é o caralho, sargentinho, eu não só estou solucionando o caso, como fui testemunha. Cárcere privado. Vi dois leões arrastarem pra cá um menino e peguei no flagrante. Minha obrigação é ir até o final.

— O colega não entendeu, insistiu o sargento. Peço permissão para entrar e conversar.

— Entra só um e desarmado. Não quero saber se é PM, Federal, Exército ou o quê. Se tiver arma leva chumbo no estrito cumprimento do dever.

O escombro da porta se abriu. Surgiu Moraes, fardado, sem armas, magrinho e com um bigodinho de cinema americano dos anos quarenta. Não escondeu o espanto frente à figura do Emídio, com uma escopeta na mão, revólver na outra, barba ruiva, sentado numa mesa, os dois seguranças no chão e um garoto sentado no canto.

— Pode falar colega – disse o Emídio carregando nessa última palavra em deboche. Ele odiava os PMs, desprezava-os e sabia de antemão que seria um desses fardados que o mandaria para o colo do capeta.

— A área é nossa, senhor investigador. Temos uma ocorrência já lavrada de furto, estamos aqui pra resolver na paz.

— Furto nada. O crime aqui é cárcere, artigo 148. É grave, inafiançável. Não tem negócio.

— Olha, sou o responsável por aqui. A gente pega o arrego do estabelecimento, podemos fazer compra de graça...

Emídio sorriu da expressão "compra de graça", e respondeu fingindo impaciência: O sargento está querendo impedir a ação da polícia, da justiça? Sei como é a ronda. Pega jabaculê de todo mundo, incluindo os bandidos, traficas do pedaço, leva pro quartel reparte com o tenente, capitão, coronel. Se pintar algum folgado, punguista, avião, sapo de fora, vai pra vala sem apelação. É a ronda, não é soldado? É a ronda. Mas dessa vez o crime é grave. Um a três anos de reclusão, e vou levar preso o chefe também.

— Tá certo. Tá certo – repete o sargento. Não precisa dar sermão, até porque a civil é um convento de freiras, não é? Quanto é para deixar o dito pelo não dito?

E Emídio respondeu. Era o triplo do arrego mensal do supermercado. Desculpe, leitor, não vou mencionar o valor exato da quantia exigida. Entenda que da data desses fatos em diante, o país teve três reformas monetárias que retiraram nove zeros à direita dos numerários, mais outros surtos de deflação, estagflação e renitente inflação, tornando impossível calcular o valor para nossos dias.

— Não posso decidir sobre esse valor – contemporizou Moraes.

— Mande um de seus guardinhas falar com a direção da espelunca e você fica aqui.

— Sou refém? Isso não está certo. Tenho a guarnição comigo...

— Se vocês atirarem num investigador da Civil é guerra na certa. Vai. Dá a ordem logo!

Os bacanas do supermercado aceitaram a condição do Emídio com alívio. A PM já mandara evacuar e fechar o supermercado e o prejuízo corroera a resistência dos patrões. Emídio colocou o Moraes na frente e foi com o revólver na mão acompanhado de Artur até o estacionamento.

No caminho deu a maior bronca no menino: "Se te flagrar nesse tipo de viração de novo, moleque, te entrego pra tua mãe com uma orelha a menos". Já na Lapa, tirou algumas notas do bolo que amealhara e mandou entregar pra Aurora. "Fala que o Emídio mandou", recomendou.

Largou Artur e se mandou em busca dos DPs de Lins e Bauru, interior de São Paulo. Perambulou dois dias na região e encontrou o carregamento de cocaína numa delegacia, esperando o resgate, exatamente como imaginara. Pagou e voltou o mais rápido que pode para São Paulo: estava morrendo de vontade de trepar com a Aurora. Mulata bonitinha, carinhosa e jeitosa, com o sorriso igual ao do filho.

# Tornei-me um Criminoso

Não fui eu que contratei o Emídio, apenas indiquei seus serviços para o Jarbas decidir (não poderia negar a apresentação a um amigo de infância) e nem éramos seus únicos clientes. Longe disso. Ele dizia que éramos os mais descomplicados e, por se tratar de mim, ele fazia questão de atender pessoalmente.

Depois que ele resolveu o problema com o nosso senhorio, jurei assustado que não apelaria mais aos seus serviços. Qual? Em menos de quinze dias, a inflação e o calote generalizado me obrigaram a escutar mais um feito do Emídio.

— "Quase caguei de tanto peidar" – orgulhava-se aos berros no escritório. Pulei para fechar a porta na esperança de tapar os ouvidos dos funcionários. Antes, ao telefone, ouvira o apelo dramático de um cliente que atrasara o pagamento: "Não mande mais esse Emídio, já saldamos a cobrança".

Emídio contou, em meio a soluços e lágrimas de tanto rir, que fora até a empresa do cliente espertalhão, mostrara a carteira de policial e pedira a presença do diretor. Pôs-se a esperar na recepção, mas nada do tal diretor. Deitou-se enfim no sofá e fingiu que dormia; caprichou no ronco, arrotos, na flatulência e ranger de dentes. Logo era recebido pelo embaraçado diretor que não demoraria em dar-lhe o cheque: "Não assinei nada", concluiu. "Se você quiser volto lá e cobro de novo". Sem dúvida era embaraçoso, mas muito eficaz.

O auge da desorganização econômica foi o Plano Collor. O país iria conhecer o caos.

O recém-empossado e intrépido presidente Collor de Melo, querendo "matar de um só golpe" a inflação que galopava a 80% ao mês, gritava "Ipon", vejam vocês. Não apenas decretou a troca de uma moeda por outra (medida que já experimentáramos outras vezes), mas principalmente sequestrou os valores das contas correntes e poupanças, deixando pouco para que cada cidadão pudesse se arrastar até o fim do mês.

Quanto ao resto prometeu devolver no futuro, quando, tinha a certeza, os seus compatriotas nem fariam questão de recebê-lo tão certo daria a patuscada que pomposamente batizou de Plano Collor; mesmo nome que dera aos seus filhos, confiante que era nas suas criações.

O pior problema para mim na época, caro leitor, era que o pouco dinheiro sobrante nas contas bancárias também era a miserável ração das empresas e não apenas das pessoas. Para que as empresas pudessem retirar, em dinheiro vivo, teriam de provar através de documentos irrefutáveis que precisavam da movimentação para saldar obrigações com funcionários previamente registrados, impostos gerados e outras poucas alternativas.

Tornei-me um criminoso. Muitos se tornaram. Falsifiquei documentos, extorqui gerentes bancários trêmulos de medo com a visão do revólver do Emídio, que ainda fazia questão de me acompanhar. Formei quadrilha, retirei boa parte do saldo da empresa e paguei em dinheiro todos os que comigo trabalharam.

Tempo foi a esperar em vão que me chamassem para acertar contas com a justiça por tais crimes. Tempo foi, e me dei conta de que o criminoso não era eu.

Talvez a tarefa mais difícil que tive foi a de explicar a um modelo finlandês que aqueles cheques que recebia de outras empresas por seus serviços poderiam ser usados para pagar impostos e não mais do que isso. Os cheques eram feitos, por um tempo, rezava a inacreditável bula do Plano Collor, em "moeda podre" que era o nome usado para designar a antiga moeda nacional tornada sem efeito. Ele perguntava desconsolado arrastando o pouco português que havia aprendido: "Impostos? Qual imposto eu pago no Brasil? Sou finlandês".

Paguei o moço em dinheiro. Quase chorou de gratidão e perguntou se seria o suficiente para voar de volta à sua terra.

Não era. Paguei fotógrafos, produtores gráficos, projetistas, enfim a todos que pude e fiquei sem centavo.

Mais difícil ainda era ver desfilar nas ruas quem teve o privilégio de ser informado antes de o golpe ser desfechado. Quem dormira sobre malas de dinheiro, retirados dos bancos às vésperas de se dar publicidade ao Plano Collor, e que iriam, nos próximos meses, ser magnatas e frequentadores contumazes do mercado da bacia das almas onde lhes venderam a preço de banana fazendas, propriedades, casas, mulheres, ouro e prataria; tirados das mãos de quem não poderia adiar, por doença ou outra urgência, o dinheiro. Um golpe nacional! Não à feição dos golpes de estado, ou os praticados por militares, mas um golpe no estado e na nação.

As nefastas consequências do édito de Belzebu não foram poucas. Os doleiros foram pilhados pelo golpe com as mãos cheias de moeda estrangeira; miraculosamente enriquecidos centenas de vezes em não mais do que 24 horas.

Correram a socorrer da quebradeira clubes de futebol, escolas de samba, redes de venda de automóvel, estendendo assim de repente seus impérios, e não tardariam a assumir cadeiras no parlamento e posições mais acintosas de mando. Um butim que se desenrolava a olhos vistos e beneficiava donos de prostíbulos, de casas de bingo, bicheiros e outros que manuseavam o escasso e raro papel moeda. Aqueles que enriqueciam sem conta bancária passaram, subitamente, de perigosos donos de modestos negócios ilegais a milionários festejados e bajulados.

Emídio, naturalmente, se colocou entre eles. Recebia só a dinheiro. Ninguém seria louco a ponto nem de dar-lhe uma conta bancária e muito menos de se ligar a ele através de cheques. Sendo assim, guindou-se a potentado com os trocados que ganhava com a maconha e dos arrochos que dava.

Recusou-se, no entanto, a fazer qualquer esforço, menos, graças a deus, em me garantir ajudando a transpor o vale escuro das lágrimas que nos encobriu. Consumiu sua desproporcional fortuna ajudando a uns poucos que lhe caíram nas graças; em gigantescas farras que promovia; nos cavalinhos do Jóquei, a jogar prazerosamente seu bundão no sofá e a rir-se de todos, empedernido em não acumular patrimônio: "Senão a soldadesca me pega", explicava sabiamente. "Se correr a notícia que enriquei, amanheço com a boca cheia de formiga", dizia, fazendo o tesconjuro.

— Prefiro dá-lo às putas – se exaltava ao falar do seu dinheiro – que me dão prazer do que àquela canalha de guardinhas – declarava com conhecimento de causa o 'homem de visão' daquele ano em que vivemos de ponta-cabeça.

# A despedida

Resolvido a viajar em busca do Dé Cruz, no rastro de reencontrar o Emídio, recolhi o que tinha de dinheiro guardado, chamei o Jarbas e o Woo, pedi para eles tomarem conta do negócio e anunciei que só voltaria com fornecimento de maconha regularizado. Jarbas protestou. Woo se pudesse falar protestaria também e se contentou a mirar-me com olhos assombrados.

— Maconha com uísque não é tão importante assim – me alertava com muito cuidado o meu sócio, explicando que se o nosso negócio crescera foi porque tínhamos trabalhado muito e que minha ausência seria ruim para os novos clientes.

A nada dava ouvidos, cismado na obsessão. Apresentei-lhes um documento que regularizava minha ausência temporária e consequente redução do que ganhava mensalmente a um quarto do valor enquanto durasse minha aventura. Balançando a cabeça, Jarbas assina o recebimento de minha estropiada alforria.

Woo escreveu uma mensagem, furibundo comigo com sua insuportável honestidade coreana. Chamava minha atenção para possíveis transtornos psíquicos insistindo no perigo que a empresa corria com esse tipo de irresponsabilidade.

Minha decisão, no entanto, estava tomada. Restava inabalada diante dos apelos à razão que a amizade e interesses profissionais me lançavam. Tivesse família, talvez fosse diferente, mas o que poderiam laços frouxos dos amigos contra a sedução delirante?

Assim, fui ter com o Dé e Salviano e acabaria por comprar fazenda lá onde a terra ronca, próximo às fronteiras de Goiás com Bahia e Tocantins, de onde voltaria falido e fugido meses depois.

# A Terra Ronca

Viajei para Goiás, mas não seria fácil encontrar o Emídio. Não estava mais lá, no entanto deixara rastros que poderiam levar até ele. Fui recebido pelo Dé Cruz escondido atrás do batente da porta daquilo que foi uma casa sede de fazenda agora arruinada, com um punhal na mão e a respiração suspensa, pronto a atirar-se sobre quem fosse fazendo-o sangrar.

— Nos últimos tempos apareceu gente perguntando do Emídio e eu não tenho um ferro, porra – diria depois o Dé se referindo à falta de revólver. No primeiro momento, nosso encontro foi tenso:

— Dé, sou eu. O Leo da Rebouças.

Fiz a bobagem de perguntar pelo Emídio ainda antes de entrar. Fui saldado pelo:

— Quem quer saber? – Com a voz terrível que o Dé sabia fazer. Achei melhor ficar quieto. Ele estava ali, acoitado, com o punhal na mão.

Era o craque do time da escola. O capitão, já o disse, era o Emídio. O Dé usava a dez, punha a bola no pé, corria e balançava as mãos pra gente ir à frente e abrir devagar, em leque, pois havia de "achicar", como dizia o velho Filpo Nuñes, trenero emérito da década de 1970.

Ainda na categoria juvenil, chegamos a ganhar campeonato importante. O Dé é o que chamamos de analfabeto funcional. Galgara os primeiros anos escolares ao meu lado. Mas, por onde passava tinha um campo de futebol de várzea.

Desde cedo me fazia ler contratos de ocasião com equipes da Lapa, Bexiga, Vila Clementino, Pari, Leopoldina e mais um monte de lugares. De modo que, craque demasiadamente precoce, mal fora à escola. Essa era a origem de seu nome. Ele assinava simples: Dé e desenhava uma cruz. Dé Cruz, da imensa família Cruz brasileira, composta, inicialmente, desses analfabetos funcionais. A própria escola o promovia de ano a ano por serviços prestados ao futebol, basquete e outros esportes nos quais derramava seu talento em troca de ser bem considerado nos exames finais.

Ao fim de sua curta carreira de celebridade futebolística local, que durou o quanto o cigarro, bebida, cocaína, baseados e infiltrações nos joelhos permitiram, descobrira-se ignorante e sem futuro. Sem alternativa, acompanhara o Salviano Silvestre ao legado deixado pelo pai em uma cidadezinha erma no norte de Goiás, Kadiwéu.

O senhor Amadeu Silvestre, pai do Salviano, outro colega de escola, juntou três fazendas registradas no Estado e Município. Fizera fortuna fornecendo dormentes de madeira aroeira à Rede Ferroviária Federal, morrera de mal de chagas, tão bicho do mato era; contador de histórias de mula-sem-cabeça, do temido homem do machado, além do Saci, aos embasbacados moleques que não mais conseguiam dormir depois disso.

Estávamos na menor das fazendas, onde habitara o Amadeu, hoje arruinada, como na bancarrota estava sua descendência. Amainado o ânimo homicida inicial do Dé, fui logo ao assunto:

— O Emídio não está mais aqui?

— Não.

— E o que foi feito dos pés de fumo?

— Queimamos todos. Queimei tudo, até arma, bala e pólvora, foi uma festa de São João o foguetório que fez. Veja lá o capoeirão esturricado na baixada.

Ruminei que o Dé não haveria de torrar tudo, na certa sobraram mudas e sementes; mas compreendi que seria difícil encontrar o Emídio.

Depois de um mês indo e voltando de São Paulo, e mais uma temporada que passei na Ilha Grande, estado do Rio, fazendo nada e passeando pelas praias da Vila do Abraão, para desespero do Jarbas imensamente prejudicado pelo meu sumiço, decidi que deveria criar uma base naqueles matos de Goiás. Aí sim encontraria o Emídio ou daria outro remédio aos meus problemas.

# O Projeto

Enamorava-me de uma ideia: montar empresa agrícola que haveria de ensejar um empreendimento hoteleiro com o benefício de acobertar minha futura plantação de maconha. As terras do Salviano eram próximas do impressionante Parque Estadual da Terra Ronca. Uma reserva natural: extensa floresta com sessenta grutas, apenas três delas exploradas.

Saudava-nos logo na entrada uma caverna tão alta quanto uma catedral, por isso chamada nas localidades vizinhas como a Lapa, e à moda de uma verdadeira matriz tinha seu próprio festival religioso anual, senhora de culto exclusivo.

O rio Bom É, o mesmo que banhava a agora sonhada minha fazenda, era engolido pela gruta imensa e ia se espremendo dentro da pedra por quilômetros, batendo nas rochas, até descer cachoeira e praticamente se desfazer em chuva na mata abaixo.

O barulho do choque atritado de água e pedra era amplificado pela forma de concha da caverna, cornucópia de gramofone, provocando um rugido constante que era ouvido a quilômetros de distância: a terra da Onça, onde a terra ronca.

As águas do rio eram cheias de um pequeno peixe, dundutuin, quase transparente que grudava nas nossas peles na curva perto da caverna, sugando avidamente cada boquinha daquelas a gordura do corpo, fazendo-nos massagem.

A fazenda ficava a uns vinte quilômetros dali e eu descobrira por que na menor delas o velho Amadeu montara sua casa. Era o lugar mais ameno, próximo ao rio, muitas árvores que davam sua bendita sombra a nos aliviar o sol tórrido que fazia as plantas cantar e florescer, agarradas à terra preta massapê que empelotava na mão ao esfregar.

Os campos vizinhos foram retomados pelo cerrado depois que a atividade humana cessara, onde a brota é forte e se vê capim de antigo pasto no sopé das aroeiras, barrigudas, buritis, madeira jacaré e todos os pés de pau que por lá vicejam, incluindo a nobreza dos ipês, jacarandás e outras raras, como a canela. Até os antigos mourões das cercas derrubadas feitos de galhos grossos de timbaúba deitaram raízes, lançaram ramos e se faziam árvores novamente.

Com o cerrado voltou a se acercar a barulhada dos guaribas, macacos que os indígenas gostavam de flechar e comer. Voltou a águia acauã, com seu pio longo que os matutos diziam de ser mau agouro: "Deus-qué-um", ouviam e faziam o pelo sinal. É um caçador lindo, vermelho com uma faixa de ponta a ponta das asas, por vezes branca, azul ou outra cor de impressão solar.

Pelos matos infestados de peçonhentas cascavéis e cobra-de-sogra jararacas, que boteavam no calcanhar, pelas costas, saíamos em fila indiana de três, para marcar os limites da fazenda que compraria, com um cachorro à frente e outro atrás. O primeiro para atrair o bote da cascavel, que honestamente alertaria suas intenções com o chocalho de seus anéis. O outro era para oferecer às jararacas que haveriam de nos atacar silenciosas, caindo sobre o último de nós, traiçoeira.

Esquecido de mim nas caminhadas mata adentro, demoro a observar as preguiças mirins, bichos lentos de sessenta centímetros de todo, mais ou menos, que por lá enfiavam suas terríveis unhas nas madeiras moles jacaré, trepadas expondo ao sol a faixa amarela que lhes decorava as costas rebrilhando.

Divertido era provocá-las e acuá-las contra uma forquilha das madeiras retorcidas do cerrado. Quando não tinham mais para onde fugir, enfiavam ainda mais as afiadas garras das patas traseiras nos troncos, devagar giravam o dorso pequeno e abriam os bracinhos convidando a um abraço, não importando quão temível e forte fosse seu adversário. Dava uma vontade imensa de aceitar o abraço daquele pequenino, mas não podia: certamente iriam dilacerar braços e costas, com suas tenazes poderosas capazes de estourar pneus de carros.

Queria que o leitor esquecesse a ânsia, a desejar e desejar, inquieto como potro chucro, e pudesse desfrutar da contemplação como eu fazia nos sertões do cerrado. Dizem que há mistérios orientais à espera de quem quiser aprender a contemplar, e os frutos de seu trabalho serão saborosos.

Tomo por mim. Em Cuba, tomando mojitos e fumando um "puro" Coiba, à sombra do sol impiedoso a mirar a praça independência em Havana Vieja, eu sentia na língua as papilas a se eriçar e se jogar para trás ao passar a fumaça do charuto, ao que o gole de mojitos as alisava novamente amansando-as à frente, criando uma dança à moda dos trigais serranos.

Quando me apercebia, mais de três horas tinham se passado e eu distraído com a dança de minhas papilas, entorpecido pelo calor e pela luz prata que o sol derramava; e a tarde já esmaecia fresca com as lufadas do Malencón e do porto, hoje acanhado. Essa invenção cubana, misto de charutos, rum e sol, guarda um pouco do poder do ópio chinês.

Isto é contemplar: abolir o tempo. Por isso, não o percamos e voltemos à contemplação.

Os pássaros do meu pedaço de cerrado eram os cantores corrupião sofrê, amarelo e preto ladrão de ninhos de bem-te-vi; do João de pau e João de barro, de cantar melodioso à tardinha; e o cancão que marca a trilha caminhante com seu canto distante de atritar ferro; um ou outro tiê-sangue; coruja-pau, o urutau de pio melancólico. Para comer podia-se escolher: muito jaó, espécie de peru do mato, galinha jacu, tantas que se podia pegar com a mão.

Via-se tatu-galinha, peba e varas de catetos, porco selvagem, que troavam pelo solo as centenas de patas na correria que nunca parava para não morrer nas bocas das onças pintada e parda, infelizmente ainda mais imaginadas que presentes.

Eu trouxe para o Dé uma pistola 45 niquelada, arma estrondosa como canhão, uma cartucheira 16, novinha, dois canos, muito cartucho, além de duas outras calibre 36, de cano mais fino para não estraçalhar as caças passarinheiras: codornas, nhambus, perdiz e juritis pombas do mato.

Mulato espadaúdo, o Dé sorriu seus dentes brancos, e disse brincando com o trovão, apelido que deu ao 45: "Isso sim que é clavinote de respeito". Chamei o Salviano e lhe entreguei uma das 36 e saíamos para medir a fazenda que prometera comprar de suas mãos. Foi aí que conheci o macaconça.

# A Brenha

Andamos no total uns dois dias inteiros em círculos que cada vez mais distavam da sede. No início, subimos num morro de pedra-ferro que escondia famílias de preás, ratos selvagens que se comem (pelo menos houve um dia o corajoso que comeu e espalhou a novidade. Ver comer, eu nunca vi), e escutei como um bafo na orelha, ainda ao longe, um rugido surdo.

— Dé, você ouviu? – perguntei grave e baixo.

— Parece turrada de onça.

Não se engane leitor, não é o miado nem o urro; é a turrada: um barulho que as pintadas fazem quando sopram nas ventas o fôlego pregado das andanças, fungando alto, terrível e oco. Implorei: Vamos atrás, Dé!

— Eu lá quero me meter com onça? – recusou.

— Eu nunca as vi, só atrás das grades dos circos e zoológicos – ponderei. – Vamos logo! – ordenei.

Atrás da turrada, fomos dar num platô alto, um tabuleiro a cem metros acima do leito curvoso do rio Bom É, com uma mata espinhosa, seca, dura, com arvorezinhas retorcidas do tamanho de um homem compondo a paisagem mais típica do cerrado. A caminhada era como atravessar uma caatinga de espetos. Lugar desolado. Mato fechado, grosso, de se vencer a facão.

Passamos ao largo de um buraco que fora um açude hoje seco, fundo, nem lodoso mais. Passado o tabuleiro, adentramos um capoeiral verde, ainda acima dos cafundós da beira do rio, com as barrigudas dominando a paisagem, paineira alta e espinhosa, com galhos a três ou quatro metros do chão.

Descíamos e a turrada continuava. Rumávamos à beira do rio em marcha sempre penosa, lutando com os facões para abrir passo onde havia muito não andava ninguém. Conforme avançávamos, a gritaria dos macacos aumentava e eles desapareciam de nossas vistas em desassossego conosco.

Uma fêmea guariba levantou seu filhote nos braços a nos avisar da maternidade para que não a matássemos. Outra, acintosamente, nos mostrou o leite a brotar de sua teta magra e escura. Sabiam bem o perigo que corriam, e nós ouvíamos cada vez mais próximas e nítidas as turradas que me provocavam.

Já percebeu o leitor que eu, depois de tantos anos de escritório, estava apaixonado por aquelas terras, incrivelmente transmudado em fazendeiro velho, bossa coronel de outros tempos. Assim me portaria naqueles meses e já começava a juntar e armar minha jagunçada.

Na fazenda inculta e bela, que não pouco me custaria, invadida pelos matos, faria as plantações gerando o capital para montar o hotel que sonhava ter pátio interno de pedra, na forma total de um mosteiro de frades, o mais perto que haveria de conseguir da Terra Ronca.

Dali promoveria as excursões às grutas e à Lapa, atraindo hóspedes ansiosos por essas aventuras, com a fama reforçada pela excelência da maconha do lugar, que eu saberia espalhar de forma competente e discreta. Caberia desenvolver uma culinária à base da *cannabis*: bolos e tortas para as tardes quentes, *fondue* de queijo para as noites.

Mandei reabrir o viveiro de mudas que se escondia num grotão próprio para cultivo de arroz, mas penoso de ser vencido por quem quisesse lá chegar: era um brejo. Dei ordens para plantar a maconha dos dois lados do Bom É, uma cova a cada trezentos passos medidos em meio a mata ciliar. Esperava com isso dificultar o reconhecimento da plantação e simular que os pés seriam de origem selvagem.

Queria enfim ser dono de trilhas e passeios ecológicos e turísticos com hóspedes, organizando safáris fotográficos para pilhar o macaconça, que eu mesmo presenciara e pretendia que se tornasse uma nova lenda do folclore.

Divagando nesse projeto, que fatalmente me levaria a mais plena felicidade terrena, marchávamos ainda na direção da turrada da onça, cada vez mais forte e próxima. A tarefa consumiu um dia a mais de andança, afinal, onça é bicho sutil, como falam por aquelas bandas.

Ao fim, quando já havíamos ziguezagueado através do rio, vadeando-o com água na cintura algumas vezes, conseguimos localizar a origem da turrada: era um macho guariba barrigudo, macaco com pouco mais de setenta centímetros, trepado numa touceira de cipós e galhos disformes.

Lá estava ele imitando à perfeição a turrada da onça e quanto mais perto chegávamos, mais o guariba turrava. Destemperei ao vê-lo. Senti ganas de matá-lo. Abater ali mesmo aquele pândego que me pregara tal peça. Obrigara a me arrastar naqueles matos dificultosos servindo meu sangue aos mosquitos insaciáveis; todo lanhado e rasgado no rosto e braços dos espinhos e veneno bravo da vegetação. Iludido por um símio palhaço. Eu que esperava encontrar minha pintada, sonhando com mais uma atração irresistível do meu hotel eco-maconheiro.

Pousei a mão na cartucheira 16, mas o Dé a segurou: – Oxê homi – exclamou e cantarolou – quem mata o que não se come não perde por esperar.

Na volta, o Salviano veio explicando que, com certeza, o guariba aprendera a imitar onça pra espantar homem, seu terrível predador. – Então não tinha visto as fêmeas exibir seus rebentos, a expor as maternidades? Elas pediam para não morrer e aquele macho deveria ser um líder responsável pela proteção do bando – assim era a tese do Salviano.

Calculei então a surpresa do bicho ao ver seu estratagema ter efeito contrário: ao invés de nos fazer fugir sua imitação nos chamava para perto do bando. Até que essa história estava me saindo melhor do que levar hóspedes a procurar suçuaranas. Onças poderiam ser vistas em outros lugares, pensava. Mas onde mais se veria um macaconça? Só naquelas capoeiras que batizei de brenha do Macaconça.

# Kadiwéu

Kadiwéu era pequenina de todo. Devia guardar umas quatro mil almas se tanto. Havia igreja matriz, mas o padre vinha apenas de tempos em tempos a acertar os matrimônios, batizados coletivos e quermesses de São João.

Os moradores eram rancheiros, donos de fazendolas do lugar, trabalhadores rurais obstinados pela terra e teimosos a evitar a migração para as grandes cidades. Nada ganhavam em troca de sua lealdade à lavoura a não ser a pobreza.

Na cidade quase não havia dinheiro em papel, praticava-se o escambo. Vi contas de bar e bodegas serem pagas a troco de cachorros perdigueiros caçadores avaliados pela quantidade de dentes que preservavam. A cidade tinha o segundo pior Índice de Desenvolvimento Humano do país. Uma escola alquebrada, poucos funcionários públicos, homens de chapéu roto e empoeirados da estrada, muitas meninas novas. As casadas não se viam nas poucas ruas.

No entanto, se a terra não lhes trazia riqueza, não lhes negava sustento. Viviam em relativa fartura de carnes de caça, peixes de rios próximos, afluentes do Rio Paranã, bacia do Tocantins; carne verde de gado solto e muita variedade de milho, feijão, frutas plantadas debaixo do sol fortíssimo.

Havia uma romaria no lugar. Em busca da caverna da Lapa no parque da Terra Ronca, milhares de romeiros passavam por Kadiwéu com suas famílias entre os meses de julho e agosto para pagar as promessas.

Cruzavam a cidade a passo apertado e poucos eram os que paravam em casas e bares do lugar. Alguns tangiam bois, carregavam galinhas, sacos de farinha. Buscavam os três rios do Parque para se banhar em lugar santo. A lenda do Bom Jesus da Gruta da Lapa, padroeiro e milagroso, cujo espírito estaria naquelas paragens, espalhou-se ainda no início do século 20 e a peregrinação tornara-se anual e numerosa.

Não havia, no entanto, nenhuma menção à romaria no calendário católico e as autoridades do Estado ignoravam o festival religioso. Espontânea, a peregrinação atraía gente de Goiás inteiro que atravessava a pé tantas léguas em busca do padroeiro escondido nos rios, cavernas e grutas do parque.

Na primeira grande caverna, num de seus salões de 150 metros quadrados e abóboda com mais de oito metros de altura, existia uma formação rochosa em tudo assemelhada a uma capela. Atrás dela, uma gruta com três salas repletas de muletas e ex-votos diversos, cartas ao milagreiro e muitas fotografias esmaecidas e irreconhecíveis.

Os milhares de devotos se deixavam ficar até uma semana entre os rios, sem casa ou casebre a abrigá-los ou qualquer tipo de estrutura a amenizar a estadia. Carecia a peregrinação de apoio político ou religioso que a sustentasse.

Para lá segui numa noite, acompanhado de três homens armados e com uma pick-up cabine dupla e tração nas quatro rodas. Carro de chamar a atenção do povo simples e que comprara em Brasília dando abalo pesado nas minhas economias.

Logo na entrada do Parque vi uma sequência de muitas barracas dedicadas ao mercado romeiro. Vendiam de tudo: comida, bebida, roupas baratas, imagens do Bom Jesus, de outros santos, badulaques de adoração, arreios, chapéus, rédeas, peitoral

Barracas apregoavam jogos de azar, ofereciam prostitutas e carne nova. Algumas delas matavam e pelavam galinhas ali mesmo. Outra expunha porcos vivos que, arrematados, eram sacrificados e esquartejados. Não havia eletricidade e nem formas de se preservar os víveres, daí a preferência por animais vivos.

O festival era iluminado por muitas fogueiras, corriam riachos de sangue de animais sacrificados. O cheiro forte, misturando a matança com excrementos humanos ou não que o vento trazia e levava. Ouviam-se tiros, gargalhadas e algazarras, em meio ao burburinho de intermináveis ladainhas e sermões religiosos que se levantavam a todo instante, aqui e ali, atrás da barreira de barracas.

E foi aí que a vi magnífica e terrível. Sob a luz da lua uma multidão de milhares de pessoas que se misturava aos matos, beirando o rio e córregos, serpenteando as trilhas até a entrada da gruta maior, a da Lapa, onde ficava a igreja que a natureza esculpiu. Gente de cócoras compunha a moldura para o rumo que muitos tomavam de joelhos.

O vozerio trazia pedaços da fala de líderes religiosos de indefiníveis linhagens populares e as rezas, terços, cânticos sempre entoados pela multidão que se esmerava a aparentar-se a mais pia, sob véus brancos de algodão cru, e a mais disposta aos sacrifícios.

Saí de lá expulso pelo cheiro insuportável e assustado pelo que vira. Os romeiros sumiriam dali dias depois como chegaram: silenciosos, olhos baixos, em marcha apressada, deixando imensa sujeira no Parque. Voltariam ano seguinte, alentados por organização fantasmagórica. Simplesmente iniciavam a caminhada, devotos da caverna da Lapa.

Talvez nesse ponto o leitor queira alguma explicação, análise ou conclusão que o narrador pudesse dar sobre o que penosamente descrevi. Não as tenho. As poucas imagens de multidão que marcaram minha retina, olhei-as com um misto de medo, assombro e fascínio. Sentia repulsa a me tirar de perto, ao mesmo tempo em que queria nelas me jogar e ser o que de mim ela fizesse. Deixava-me ficar, entre fascinado e amedrontado a ver pessoas em multidão.

# Menino Carvoeiro

Andava, como falei, pelas acanhadas ruas da cidade com um carro enorme sempre acompanhado de capangas armados e minha fama de coronel aumentava.

Concluí um projeto de irrigação e iniciei plantações de arroz, feijão, de um completo coqueiral, melancia, gergelim, e, no lugar mais seco, mandioca. Meu plano era vender em Brasília, capital do país, rica e que distava de lá pouco menos de quatrocentos quilômetros. Contratava e demitia pessoas, fazia negócios, encomendava sementes e mudas, sempre em movimento seguido dos meus homens.

Morava no hotel da cidade. Era o único hóspede e pra lá arrastei o Dé e Salviano: "Que venham armados e coloquem guardas na porta", ordenei. O hotel era de madeira com a estrutura plantada num pedestal de concreto, comprido, vinte quartos, quatro banheiros, recepção, cozinha e copa.

A cidade era feita de madeira, havia serrarias, quase todas fechadas, testemunhas do último surto de prosperidade local: a extração da madeira. Naquela época, o hotel era insuficiente para tanta gente na lida de lenhador. O que sobrou? O carvão vegetal.

Fornos de carvão eram muitos nos arredores. Feitos de barro batido, parecidos com iglus de esquimós, mas, ao contrário do polo norte, queimando como no inferno, chamados de rabo quente. Alimentados por garotos enegrecidos da fuligem (que só os olhos restavam brancos) e qualquer tipo de madeira que pelotões de homens rotos, os guzeiros, conseguiam tirar à mão dos matos em volta.

Miserável e só possível por contar com uma rede de suborno ainda mais pobre, com estafetas que vendiam guias do instituto de florestas para caminhões em más condições, mais do que consumir as árvores retorcidas do cerrado, o comércio do carvão se alimentava dos meninos carvoeiros, desnutridos, doentes e sem futuro, "como espantalhos desamparados". Fibrose pulmonar.

O carvão tomava rumo do sul, para ser vendido em supermercados e, na sua quase totalidade, seguia para a indústria siderúrgica do norte do país. Era combustível e matéria-prima de carbono para altos fornos poderosos de fabricação de ferro-gusa e aço. Junto com o carvão também seguiam pedaços dos meninos carvoeiros de Kadiwéu: ia o tempo roubado, seguia a alma e a vida que eles nunca teriam, fumo desvanecido a alimentar os altos fornos.

# O Hotel

Passava as noites sentado na sala do hotel, Dé ao meu lado e mais dois homens de guarda, a receber as pessoas do lugar. Comprara geladeira, fechada a cadeado e sempre cheia de cerveja. Recebia uma a uma as pessoas que desejavam fazer negócios. Servia parcimoniosamente uma única cerveja a cada um, esperava que contassem a sua história e me fizessem alguma proposta.

A cerveja era imprescindível, alguns visitantes vinham apenas para tomá-la julgando-a um luxo. Tomavam de hábito somente cachaça e as geladeiras, escassas, eram reservadas às mercadorias mais importantes. Recebia muitos deles por noite.

Recusava sistematicamente se o que oferecessem fosse algo de monta: uma safra de grãos, terras, casas, mulheres, irmãs. Carvão? Nem ouvir falar. Já se a mercadoria fosse uma galinha, a trocava por uma cerveja adicional; um leitão rendia uma nota de valor baixo; mais uma cerveja se fossem toalhas rendadas pela esposa. Meu prazer era ouvir as estórias que contavam sobre eles mesmos e regatear nesses pequenos comércios, dando-lhes sempre abaixo do que apurariam em outros lugares.

Enquanto exercitava meus hábitos de coronel torto, os rumores acerca desse extraordinário acontecimento, da atração de homem rico à esquecida cidade, haviam se espalhado e não sem acréscimos aos fatos. Não perca tempo o leitor a se perguntar por que me dedicava à construção dessa estranha reputação. Apenas me comprazia ouvi-los a enaltecer suas parcas mercadorias, a exibir minha riqueza imensa aos olhos deles e sentir-me esperto, superior, a ganhar nas trocas inúteis.

Houve dia que apareceu na fila o Tomé, vereador da cidade. Fiz-me de desentendido ao ser alertado por um dos jagunços da sua presença, e não pedi para vê-lo antes dos outros. Ele que esperasse, apesar de ter mandado recado que vinha por parte do prefeito.

O homem, por seu gosto, saiu da fila, acocorou-se quieto ao lado e foi o último a encontrar-me. Eu ouvia falar de Tomé. Era uma espécie de benfeitor. Nascera em Kadiwéu e desde menino granjeou fama de valentão e perigoso. Dizem que teve, um dia, visão com São Tomé errante a buscar provas do Cristo e regenerou-se. Passou a ser o contrário do que era ocupando--se em dar remédio às faltas e penúrias de quem o procurasse.

De representante natural daquele povo, desprovido de Igreja e Estado, passou a vereador legitimado e carregou à prefeitura Toninho Urutu, dono de fazenda que se aferrou ao cargo por anos e anos. Fiz uma saudação à moda religiosa, brincando com seu apelido de São Tomé, oferecendo a cerveja e perguntei o que poderia fazer por ele.

Mirou-me com seus olhos de boi, rosto grande e corpo descomunal, impassível. Ficava claro que não se deslumbraria com o coronel. Recusou a cerveja e enumerou as dificuldades da Prefeitura.

— Passamos apuro para pôr em funcionamento os dois pequenos tratores que colocamos à disposição dos fazendeiros – principiou. – A maioria não tem recursos para manter suas próprias máquinas e implementos, os arados, as grades e roçadeiras – explicava com calma e precisão.

— Já paguei todas as dívidas deixadas pela família do Salviano e à vista – asseverei interrompendo. – Assim que comprei minha propriedade, deixei as pendências em dia com a Prefeitura, justamente para não ser obrigado a negociar com vocês – rebati agressivo. – Saldei IPTU da casa dele, ITBI, o que havia de ISS, as taxas todas, anos atrasadas, de limpeza, de combate a incêndio, apesar de não existir bombeiro em todo esse Norte. E mais: alvarás, taxas de emissão de documentos – enumerava. – Aportei bom capital a vocês.

— Mantemos também dois ônibus e dois caminhões – continuou impassível o Tomé, irritando-me por desconhecer minhas exibições de rico. – Isso serve para levar o povo às roças, tornando viável o trabalho...

— Fazendo de tudo para os fazendeiros, assim como o prefeito. Não é? – provoquei mais uma vez. – Não preciso de nada disso, senhor santo. Eu mesmo levo meus boias-frias.

— Abrimos mais empregos – continuava a ladainha. – Fizemos concursos públicos para enxadeiros, condutores, auxiliares de saúde, e nos falta recursos. A Prefeitura precisa de mais dinheiro, e o prefeito quer falar com o senhor. É para continuar a atender o povo.

Estava pasmado com o Tomé. Não manifestou a menor afetação por se encontrar comigo. Apesar da minha fama, fora lá em demanda e minhas provocações não o afastaram da certeza. Porém, tornei ao meu hábito:

— Não desejo ver o prefeito. Nada do que disse é da minha conta. Pode acreditar que meus projetos são do interesse de todos desse município. Basta que vocês não me atrapalhem...

— A Prefeitura decidiu privatizar uma empresa – continuou (será que nada detinha o homem?) – Queremos saber se isso lhe interessa.

— Privatização? – pasmei ainda mais. – Privatizar o quê? A limpeza das ruas? Qual é a empresa da prefeitura de Kadiwéu? – contestei novamente, zombeteiro.

— Esse hotel – respondeu firme.

# Kadiwéu Neoliberal

Era o tempo neoliberal no Brasil: a primeira década da privatização. O remédio universal que traria de volta os investimentos sociais que tardavam a acontecer, amparando o povo carente.

O governo vendeu empresas de telecomunicações, mineradoras e tudo o que foi possível privatizar. Os estados e municípios passaram nos cobres, ao preço que fosse, bancos, empresas de água e esgoto, distribuidoras de energia elétrica e o diabo.

O hotel Kadiwéu fora fundado pela Prefeitura, necessário para o surto de crescimento econômico da extração da madeira. Depois, a pobreza voltou a cobrir a cidade e o hotel ficou lá, entregue às traças.

Por todo o interior do país, empresas nas mesmas condições que o meu hotel (permitam-me chamá-lo assim) foram alvo dessas negociatas, amparadas por leilão público que não passava de farsa. Não importa o que poderiam ter pensado seus idealizadores, as privatizações, repetidas em inúmeras localidades, foram o desvio de recursos públicos para um reduzido número de bolsos. Mais um golpe nacional, como tantos de variada espécie, comuns nas décadas de 1980 e 1990.

Kadiwéu apresentaria uma privatização peculiar, e o golpe seria contra mim, o rico e esperto coronel que gostava de ostentar: um perfeito otário.

Prometi ao Tomé que falaria com o prefeito. Assim que ouvi a palavra privatização imaginei que eu poderia saltar ao seleto grupo de pessoas que lucravam com aquilo, afinal o meu projeto contemplava um hotel perto da gruta da Lapa. A privatização poderia servir-me.

Pensava em hotel mais bonito e confortável do que aquele de aspecto triste no qual me hospedava. Sonhava com uma arquitetura oval, com pátio interno de pedra e aparência de mosteiro cristão europeu. Mas, poderia apenas reformar o prédio do hotel Kadiwéu, usar o grande terreno do imóvel e de alguma forma aproveitar a estrutura de madeira, dando-lhe charme retrô. Seria apressar meu projeto e iniciar a divulgação dos passeios ao parque da Terra Ronca mais cedo a partir daquele hotel com algumas modificações. Foi com essas conjeturas que conheci Toninho Urutu dias depois.

Baixo, franzino, velho, de óculos, camisa de manga curta, calças de tergal ocre e botinas, acompanhado de Tomé, entrou no hotel à minha procura. Um capiau, pensei. Eu o recebi com indumentária estudada: um roupão escuro, calça nova e sandálias, com um uísque 12 anos na mão, ladeado de três capangas armados.

— Dou expediente toda tarde na Prefeitura há quase sete anos – começou o Urutu. – Acordo muito cedo, vou para a roça e me sacrifico todo dia – sua voz roncava, às vezes chiava. Com o chapéu na mão, aproximava-se do ponto: – Faço isso sem esperar nenhuma recompensa.

Fomos para um dos quartos, preparado para que conversássemos sozinhos, e ataquei:

— Não pago nenhum centavo por esse mausoléu roído de cupins.

— No entanto, você o quer – o capiau me surpreendeu. – Precisamos fazer um leilão, ter três propostas, e um contrato de gaveta entre nós dois.

O prefeito queria que eu arrematasse publicamente o hotel por uma quantia acertada entre nós e dois outros que falsamente se apresentariam como interessados. Antes disso eu deveria fazer exigências, também de forma pública, para que pudesse assumir os quarenta funcionários do hotel. Aquela empresa detinha nada menos que um terço de todos os funcionários municipais.

— Quarenta? – perguntei – Mas eu estou aqui há dois meses e só vi dez deles. Quanto muito! Onde estão os outros trinta?

— São fantasmas – respondeu calmamente. – A Prefeitura é obrigada a realizar concursos públicos. Já no hotel não precisamos seguir esses rituais.

— Eu não vou assumir quarenta funcionários – alertei.

— Seremos sócios no seu negócio. Acho muito bom seu projeto de turismo no Parque Estadual. E seria uma pena ver a Prefeitura dificultar seu intento. Você sabe – me explicava andando com os braços para trás e olhando para o chão – que a Prefeitura zela pela estrada até o Parque, podemos interditá-la ou fiscalizar suas propriedades quando quiser. É melhor ter a Prefeitura ao seu lado, coronel Leonardo.

Percebi a ironia. O Urutu não poderia ser mais claro.

— Por outro lado, seu negócio pode crescer muito com o apoio da Prefeitura. Afinal, sua iniciativa trará progresso para a cidade – finalizou olho no olho.

— Como funcionará essa sociedade, senhor prefeito que sabe tudo? – tentei devolver-lhe as ironias.

— Seu lance no leilão será o maior de todos. Mas você pagará apenas uma parte do que propôs e, em contrapartida, vai exigir uma empresa saneada, sem dívidas, em boas condições para que ela possa prosperar. Então, com dinheiro da prefeitura, vamos fazer as reformas no imóvel e erguer um novo prédio. Demitiremos os funcionários, pagando-lhes os direitos, asfaltaremos as ruas do entorno, criaremos uma cozinha moderna para um restaurante muito bom. Enfim, vamos promover todas as melhorias, nos encarregar das dívidas da empresa e lhe entregar uma pequena joia perto do Parque Estadual da Terra Ronca, mas com uma condição...

— Que você seja meu sócio no empreendimento, não é isso? Vou ter de pensar, caro prefeito. Quando aqui cheguei não pretendia ter sócios.

— Pode pensar à vontade. A minha participação no empreendimento será secreta, mas a primeira parcela terá de ser paga. Isso é importante para o Tomé.

— Qual a participação do São Tomé? – perguntei com real curiosidade. O Tomé me intrigava.

— Na privatização? Nenhuma. Mas ele me elegeu. Tomé não sabe, mas ninguém se elege sem ele. Portanto ele deve receber alguma verba para fazer coisas pelo bem da cidade. Assim elegeremos novo prefeito com apoio dele mais adiante.

— Me deixe adivinhar – arrisquei. – Os dois outros que apresentarão propostas para o leilão serão a futura administração municipal. E os dois também são funcionários do hotel?

— Acertou em quase tudo. Eles não são funcionários do hotel. São eles que indicam os funcionários. Pense com cuidado na minha proposta.

— E as minhas garantias? Como saber se o que você promete vai acontecer.

— Assim que você aceitar, começamos as obras. Estamos prontos. Mesmo antes do leilão. Nós entramos com o dinheiro e arcamos com as responsabilidades antes de você.

— Por que você precisa de mim para isso?

— Porque você é o ricaço que veio de São Paulo para iniciar um novo tempo de prosperidade nessa cidade esquecida do mundo. Você tem a fama. Você poderia comprar a Prefeitura, eles pensam. É preciso que todos acreditem que a privatização dará certo.

Ele sabia o que falava. Existiam problemas políticos, resistências, grupos de oposição e minha presença no negócio poderia neutralizá-los. Minha fama corria a região. Fiquei de dar-lhe a resposta. O incômodo maior era ter sócio. Mas me senti pressionado. "Seria uma pena ver a Prefeitura dificultar seu intento", essas palavras me tiraram o sono. Aceitei.

# A Fuga

— Vamos lá – dizia o Dé. Eles estão te esperando. Eles não vão te pegar. Nós estamos aqui e a polícia já chegou pra reforçar. Sai daí homem!

Eu estava trancado no quarto agarrado na cartucheira 16, morto de medo.

— Dé, essa cambada está louca. Estão dizendo que eu comprei a Prefeitura. Estão há dois meses sem salários. Eles querem me matar. Quantos são?

— Sei lá. Uns duzentos. Mas, homem, você não vai morrer. Nós estamos aqui. Com os dois guardas, somos cinco a te acompanhar. Todos armados. Quem iria se meter para tomar um balaço? E depois, não querem matar ninguém, querem só receber o salário...

— Cadê o Salviano? – perguntei.

— Não sei. Sumiu.

— Tá vendo, Dé? – gritei através da porta trancada do quarto. – O Salviano é esperto. Fugiu porque sabe que vai acabar em tiroteio e sangueira.

— O safado do Salviano se mancomunou com o Urutu. Era espia dele e fugiu junto com o prefeito.

— Por que você não me disse isso antes?

— Eu disse. Mas você não queria ouvir nada. Só pensava na privatização. Na reforma do hotel. Tudo com o dinheiro da Prefeitura.

— Cala a boca, Dé. Vão nos ouvir.

Saí. Fazia horas que eu estava lá: em um quarto que sobrara na metade não demolida do prédio velho do hotel, ao lado de um canteiro de obras que erguia um edifício amplo, de seis andares; além de equipamentos de terraplenagem nos arredores e máquinas de asfalto. Todas paradas há duas semanas, desde que o prefeito Urutu anunciou que teria de viajar e eu mandei o Salviano vigiá-lo. Não voltaram mais.

Todos os funcionários da Prefeitura estavam sem receber. Os operários das muitas construções que o prefeito mandou fazer – depois do malfadado leilão no qual arrematei o hotel e que fora assistido por toda a população, seguido de festa e discursos – também estavam sem salários.

Os empreiteiros e as empresas de materiais de construção batiam às portas, hipócritas. Eles sabiam das armações do prefeito, já haviam recebido um bom dinheiro, mas queriam mais: queriam me arrancar tudo o que conseguissem. Era gente perigosa e eu estava decidido a não lhes dar nenhum centavo.

Porém, com os funcionários e operários era diferente. Havia duzentos deles no descampado da obra esperando para receber.

— Toma isso aqui – Dé me deu um copo de água com meu calmante. Derramei quase toda a água e consegui engolir o remédio com o que sobrou. Parei e respirei.

— O que mais me dói é essa história de que eu comprei a Prefeitura. Eu só entrei no leilão do hotel. Essas pessoas acham que eu tenho de pagar todas as dívidas deixadas pelo prefeito.

— Se acalma Leonardo – pedia o Dé. – Deve haver um jeito. O principal agora é que eles estão quietos, todos sentados, esperando você para conversar. Ninguém vai fazer nada. Já mostramos as armas e abaixamos o fogo dos mais exaltados. Vai lá e fala com eles.

— Ora, se eu falo que não pago, eles me matam. É o fim da linha. Acabou-se o Goiás para mim. Toma isso aqui. – Dei um maço de notas para o Dé. – Isso é para você e para os jagunços. Já peguei mais. Tudo em dinheiro e vamos dar um pouco para cada um dos que estão lá fora. A penhora da fazenda resolve o resto.

— Penhora? O que você está dizendo? Você vai embora?

— A fazenda está penhorada desde o leilão. Fazia parte do negócio. Vai pagar as dívidas pela desistência, mas em primeiro lugar a dívida trabalhista, como está na lei. Disso eu faço questão. Quem recebe são os trabalhadores. Esses tubarõezinhos de merda, irmanados com o malandro do prefeito, eu quero que eles se fodam! – berrei.

— Mas o maior problema são eles. Eles são assassinos.

— Eu sei Dé. Mas agora não há mais o que fazer. Retirei todo o dinheiro que tinha, já combinei tudo com o meu advogado. Eu falo com eles. Você mostra as armas e organiza a fila, o advogado divide o dinheiro entre eles e pega os recibos. Mostramos a escritura que garante que todos os que são ligados ao hotel serão pagos. Quem não está ligado, não receberá, mas isso a gente não fala. Enquanto acontece a divisão eu pego o carro e fujo.

— Sem dinheiro nenhum e com os capangas dos empreiteiros por aí? Nem pensar. Eu vou com você – retrucou o Dé.

— Vai nada. Vamos falar com o povo.

Foi difícil enfrentar a multidão. Não fossem o calmante, os jagunços, polícia e o advogado, eu não conseguiria fazer nada. O homem que caminhou até a mesa daquela assembleia em nada lembrava o fazendeiro arrogante daqueles meses: vinha arcado e tremendo de medo. Demorei a falar. O Dé, com o revólver 45 brilhando na mão era o maestro da reunião: fez todos sentarem, pediu silêncio, os acalmava. Desperdicei várias chances para iniciar a negociação.

Finalmente conversei com o advogado e ele se encarregou do que havia de ser dito. Eu não consegui abrir a boca. Ele explicou quais as minhas responsabilidades, limitadas ao hotel e à fazenda, mas garantiu que todos iriam receber alguma recompensa e mostrou a mala de dinheiro; logo após, mostrou a escritura da fazenda e o contrato de leilão explicando o mecanismo da hipoteca.

Além do advogado recebi uma ajuda inesperada. O Tomé levantou-se (eu nem havia percebido que ele estava na assembleia) e falou para o povo aceitar o pagamento. Explicou que o Toninho Urutu não voltaria; que ele (e não eu) roubara o dinheiro do povo e conclamou a todos a recuperarem a Prefeitura sob o comando do vice-prefeito que haveria de assumir face ao vazio de poder deixado pelo Urutu. Desconfiei da conversa, mas não estava em condições de raciocinar nem de falar, apenas me senti aliviado com a concordância de todos.

Formou-se longa fila sob a vigilância do Dé e suas armas. Cada um deveria assinar um recibo. Aquilo iria demorar e eu saí para ir ao banheiro. Não consegui sequer avisar que sairia. Voltei ao hotel, demorei, fui ao meu quarto, enchi sacolas e malas com tudo que encontrei, fiz três viagens até o carro, ida e volta, levando a bagagem, voltei mais uma vez, e ninguém sequer percebeu a movimentação nem deu por minha falta na assembleia. Todos concentrados em contar e recontar meu dinheiro, a partir e repartir minha fazenda.

Eu receava que ouvissem o ronco do motor e tentassem me perseguir. Finalmente tomei coragem, arranquei com o carro e dirigi devagar pelas ruas lamacentas de Kadiwéu pela última vez. Nem sinal dos capangas dos empreiteiros. Ganhei a estrada, de lá para Brasília, desci para São Paulo pela BR 157 e voltei para casa, mil e duzentos quilômetros depois, quase sem descer do carro.

# A Volta

Se há ocasião para alguém se sentir um otário completo é quando conversa com seu advogado. Mostrei-lhe o contrato de gaveta que tinha com o prefeito dividindo o hotel entre nós e ele sentenciou: "Isso é fraude! Não mostra esse contrato para ninguém, você pode parar na cadeia. Aí está escrito que vocês queriam fraudar a privatização e a prefeitura".

O Urutu fez, a partir do leilão, uma farra com o dinheiro público. Começou por demitir aqueles trinta funcionários do hotel que nunca apareciam para trabalhar. Transformou-se no caçador de marajás de Kadiwéu aclamado pelo povo. Mas, a verdade é que isso foi um prêmio para os funcionários fantasmas que receberam gordas indenizações por anos de serviços não prestados.

A farra continuou com o projeto de reconstrução do hotel, na contratação de empresas de engenharia e, em especial, com os fornecedores de materiais de construção. Chegavam caminhões e caminhões de tijolos, areia, cimento, pedra, suficientes para construir três hotéis daqueles, todos pagos adiantado. O prefeito só se esqueceu de pagar os funcionários e os muitos peões das obras, até os que pavimentavam as ruas.

O que ele pavimentou foi a situação da Prefeitura para o seu sucessor que seria do mesmo grupo político. Tanto o vice-prefeito quanto o candidato que iria substituir o fujão não teriam o dinheiro que foi saqueado, mas receberiam a Prefeitura enxuta. Ao mesmo tempo em que foram demitidos os trinta fantasmas do hotel, ele remanejou outros para as mesmas posições, empurrando dívidas trabalhistas para que eu pagasse, eliminando despesas da Prefeitura.

E eu fora o estopim do golpe e um dos alvos do bote do Urutu, que também é nome de cobra, não à toa. Ele roubou todo o dinheiro público e o meu, desviando para os seus aliados. Essa foi a privatização de Kadiwéu, parecida com as que marcaram a década de 1990 no Brasil.

Quanto a mim, acontecimentos ainda mais funestos me esperavam em São Paulo.

Quando voltei ao escritório disse ao Jarbas que esperava receber meu pagamento mensal anterior completo. Eu estava quebrado. Lembro ao leitor: antes da minha aventura goiana, que se prolongou por muitos meses, reduzira voluntariamente meu ganho a um quarto do total para amenizar os inconvenientes de minha inesperada ausência.

— Vai ser duro para a empresa – estranhei a resposta do Jarbas e desconfiei que eu provocara dificuldades, amargando de novo o meu incrível poder de estragar tudo. O Woo me olhava com ar triste e virou o rosto. Ah, quantas vezes, meu amigo, lamentei que você não conseguisse falar normalmente. Ainda hoje, e como sempre, devoro os e-mails do Woo, rezando para que eles cheguem nessa negra solidão na qual estou.

Pedi, então, para que demonstrassem o faturamento analítico. Com surpreendente rapidez, Jarbas abriu um arquivo e passou a relatar uma série de pequenos desastres que haviam consumido um terço de nossas receitas brutas e que sinalizavam tempos difíceis. Antes que ele acabasse o discurso do abismo, voltara a pensar no Emídio e na única solução: a maconha.

Não estava preparado para compreender a situação da empresa: escapei da realidade e passei a expor novamente o desvairado projeto de tráfico de influência baseado (desculpem o trocadilho) na distribuição de estupefacientes e uísque. O Woo saiu da sala. Jarbas deu de ombros – então, é a falência – exclamou penalizado de nós.

Quase foi a ruína para a empresa, que se tornou bem menor do que era depois daqueles meses. Esse delirante projeto, no qual eu teimava, iria selar meu destino me aprisionando a quarenta metros quadrados nos quais me arrasto, metade de mim, e à santa janela, à qual me aferro na solidão de minha cela.

Era estranha a capacidade de estar cônscio do erro julgando insana a esperança de sucesso e ao mesmo tempo seguir naquela direção.

# Algo me Consumia

Seja como for, heroína ou vilã, a insônia é minha companheira, mesmo agora que mal me movo e sinto dores na parte morta do meu corpo. O que dizer, então, do tempo em que interessam essas memórias? Passava longas noites de insônia por muitos meses. Alguma coisa me consumia.

Por vezes, pensei em brincar com ela, que era assim mesmo, que velho não dorme e aproveitava para ler todos os livros, consultar atlas históricos, poetas, romances e o escambau. Dormia por vezes à tarde, trancado no escritório com as pernas para o alto da mesa e o bundão espalhafato na cadeira de diretor que me outorguei (se não desse a mim mesmo o cargo de diretor, quem o daria?).

Uma estúpida ilusão eu a tive ou, antes, ela me teve. O fato é que sucumbi. Vendo que eu não conseguia ultrapassar o muro alto de minha insônia, por tempos a fio tentado, esmoreci. Não queria ser um insone: alguém com óculos fundo de garrafa, olhos ocos e branco qual papel. Debatia-me; mas parei ao pé do muro alto, inexpugnável.

Ensimesmei: onde a alegria da vida? E tive a primeira grande crise de depressão. Campearam a ansiedade e o medo. O Jarbas é quem foi me buscar na cama três dias depois do sumiço que eu dera.

Saía a dançar nas gafieiras, o objetivo era cansar-me, fodia com as putinhas do Terceiro Uísque, mas ao final estava derrotado e sem forças para continuar tentando vencer a insônia.

Ative-me então a um pensamento funesto. Quanto mais rápido caía no poço negro da depressão, mais queria cair. Imaginava que sofria pela vida que levava, mas que para renunciar a ela era preciso, de alguma forma obscura, atingir o fundo do poço. Só então, sem ter para onde ir, é que se reinventa a vida. Estúpida ilusão e eu a tive ou, antes, ela me teve. Armadilha.

Exasperava-me o vagar do dia. Era abjeta figura pálida de mim, medroso e com sono, claudicante, fraco, covarde. Seguiu-se a euforia e eu nem tampouco percebi que o diabo eufórico de um dia e o diabo deprimido de outro estavam de mãos dadas. Quando passava a depressão, a única coisa que queria era desforrar a infelicidade com prazeres e alegrias.

Contratava garota de programa, linda, para passar a tarde visitando as bienais, voltava aos livros, às gafieiras (lembro-me do dia em que furei o sapato de tanto dançar e voltei descalço), às putinhas, e voltaria ao muro de minha insônia.

Por duas outras vezes morri ao pé do muro. Por outras tantas me vingava de mim a intervalos cada vez mais breves. Passara a ser isso: eufórico, deprimido, insone em períodos alternados. A última dessas crises foi particularmente difícil. Tornei-me arrogante, brigão, intratável. Peguei-me aos tapas com um diretor de jornal importante o suficiente para meu remorso. Fiz ridículos públicos e desde então conheço a vergonha.

Agarrei-me aos remédios depois de ver a carranca da morte, diante de quem, confesso, estremeci de medo. Andava a bolar meu suicídio, pesando prós e contras de cada método de forma mórbida.

Inclinava-me pelo enforcamento, e pensava como construir uma cavilha de madeira no teto revestido de gesso de meu apartamento, de forma que a estrutura sustentasse o peso de meu corpo balançando com a corda ao pescoço.

Media cada parafuso que deveria instalar. Saí finalmente, depois de muito calcular, a comprá-los. Lembro-me de olhá-los longamente, cada qual de tantas polegadas, com uma broca de furadeira adequada e buchas revestidas. A carranca da morte sorria dentes de parafuso.

Finalmente, procurei um psiquiatra. Fora ignorante ao não tratar-me cedo, mas não esperava que tal mal encontro pudesse acometer-me e não me preparei. A ignorância é mãe de boa parte dos males da humanidade. Agarrei-me aos remédios e mudava de psiquiatra, novamente agarrava-me aos remédios e buscava outro, carregando cada vez mais nas tintas para pesar a receita.

— Por que sempre pede para que eu volte, doutor, se já receitou os medicamentos e me sinto bem melhor? – perguntei a um dos médicos que procurei.

— Apenas queria me certificar se houve melhora duradoura – explicou o cientista. E informou que tinha criado uma hipótese para meu caso. Pensava que talvez eu tivesse sofrido uma espécie de transtorno pós-traumático e estava desenvolvendo comorbidades como a temida depressão maior e seu séquito de males. Ponderava por fim o fato de eu ter mencionado o Plano Collor muito próximo ao que teria sido minha primeira crise. – Muitas pessoas experimentaram um verdadeiro trauma com esse plano econômico. Registram-se suicídios – explicou-me.

Achei interessante a hipótese do doutor, tanto que dela nunca esqueci. Mas livrei-me dele porque, por contra senso, não procurava nenhuma origem ou definição melhor de meus distúrbios, transtornos ou o que fossem. No fundo, gostava deles. Na minha confusão e ansiedade, esses males eram minha própria definição. Sem eles, nada restaria.

Estava mesmo disposto a chegar aos eletrochoques quando os remédios interromperam a desesperadora sequência de crises e, pacientemente, reergui minha vida nos cinco e seis anos seguintes, quando enfim conhecera a traficante dona Otacília, que me fez, involuntariamente, arriscar-me nessas memórias.

Não tenho certeza do que se passou desde então, se loucura, sanidade ou desespero, mas sei que acabei preso ao andar térreo de meu duplex.

# Minha Tia

Já que aqui me desnudo, vai um pouco de minha infância, que talvez alguns leitores teimosos à grosseria constante de minha vida tenham sentido falta. Não pensem mal de mim. Se parece que por pudor escondo algo, enganam-se.

Minha tia Valquíria foi quem me criou, protegeu e bancou. Minha mãe, a perdi cedo num brutal acidente de automóvel. Nunca conheci meu pai. Finalmente, viria a perder minha tia ao redor dos vinte anos. A velha me deixara pecúlio e casa própria que me proporcionaram a conclusão de meus estudos, o início de minha vida profissional e de casamento.

Chegara mesmo a me divertir com minha certidão de nascimento em que meu pai era descrito à máquina de escrever: X.X.X. Meus amiguinhos íntimos, que sabiam de minhas confidências, vez por outra me diziam às troças que eu era filho do Xis Ponto. Sorria para não dar parte de cagão, mas sempre foi amargo recordar que meu pai sumira sem querer me conhecer.

Diziam que ele fugiu quando da notícia da gravidez. Depois de alguns anos, confesso que sentia uma ponta de vaidade por tê-lo corrido sem ao menos ter nascido. Melhor assim. Borrou-se tanto de medo que a me encarar preferiu largar a boa vida na casa da titia. Era, portanto, um cagão e o melhor é viver longe dos cagões.

Contavam também que minha mãe se embebedara antes de pegar o volante. Entrou no túnel Nove de Julho e dele não saiu. Eu acabara de fazer quatro anos, não tinha mãe nem pai e segui morando com minha tia que já abrigara minha mãe, igualmente desprovida de seus pais, meus avós. Minha tia Valquíria nos mantinha à custa de pensão do marido, falecido há muito, e de sua parca aposentadoria de professora que iniciara carreira ainda na escola rural.

Não poderia nunca me queixar de minha tia. Dela herdei a profissão e o gosto impossível da solidão. Ela me presenteou com seu velho anel de formatura de ouro amarelado e grosso quando contei que queria ser professor como ela havia sido. Na verdade, era tia de minha mãe e morreu aos oitenta anos; mais não foi, pois fumou e bebeu até o caixão.

Gostava de ser criado por tia velha. Me poupou dos conflitos de geração tão comuns.

— Vou sair pra balada! – esperneia o imberbe adolescente. Qualquer pai normal responderia: "Não, não vai. Onde o garotinho pretende ir para sujar as fraldas?"

Isso não existiu porque a velha estava cansada e vivia de pilequinho a apoiar-se de forma pretensamente dissimulada nas mesas, mancebo ou cadeiras de sua discreta casa, jogando-se nas poucas poltronas espalhadas.

Se o adolescente teimava, e eles sempre teimam, jogava as mãos para o céu e exclamava: "Ai minha nossa senhora, cuide dessa criança que é tudo o que tenho". E cuidou. A velha tinha lá seus particulares com Nossa Senhora de Aparecida.

O melhor era voltar para casa perto das dezoito horas. Ela já bebera sua cota, se jogava ao meu pescoço a beijar e exclamar: "Você salva minha vida!" E logo estava ressonando esparramada no sofá. A casa era minha. Beleza!

# A Puta Noêmia

Não peço mais paciência ao leitor. Se até aqui chegou é porque nenhum aviso o demoverá. Sendo assim, arrisco-me a cutucar a parte mais nebulosa e espessa de minha memória para desenrolar os fios do drama.

Há impulsos que governam os homens desde antes da infância da humanidade. Assim são os instintos de vida e de morte, de preservação e destruição, de união e desagregação. Essas forças (amor e ódio) são primitivas e nós as carregamos.

Isso disse Empédocles de Agrigento, da Grécia antiga. Prefiro pensar que meus instintos de morte ou de destruição às vezes manifestam-se com intensidade forte, mais poderosa do que para a maioria das pessoas. É necessário esse esclarecimento pelo que segue.

Saí abatido da empresa na tarde na qual falara com o Jarbas e Woo, quando me contaram das dificuldades financeiras. Novamente teria de enfrentar o encontro tão necessário com o Emídio.

Como disse, em Goiás não o achei, mas ele deixara rastro muito claro. O nome de uma mulher me sugeriu que ele nunca afastou-se de todo daquele puteiro na rua Catão, na Lapa. Ali encontrei Emídio dois dias depois da malfadada reunião, refestelado numa mesa de massagem. Olhou-me com cara de poucos amigos:

— O que você queria comigo? Por que foi até Goiás fazer bagunça na vida do Dé? O que você quer?

— É assim que recebe os amigos? – desconversei. – Fui para Goiás porque o Pinto falou que vocês estavam lá.

— O Pinto andou falando muita coisa – ele interrompeu. – Coisa demais. Também me falou de você. Que você queria virar traficante.

— Não é assim, Emídio. Queria levar maconha para meu escritório, só isso.

Ele passou a mão na capanga que trazia perto de si e me atirou um punhado de maconha no rosto.

— Toma! Pega essa merda e some de perto de mim. Vai embora!

Não sabia o que dizer. A reação do Emídio, depois de anos sem nos ver fora mais do que surpreendente. Mas, a visão de um assassino impiedoso com raiva nos olhos e gritando não é propriamente uma carícia. Corri do lugar. Depois de tanto procurá-lo não fiquei junto dele nem cinco minutos.

Dia seguinte, estava novamente trancado na sala do escritório sem conseguir trabalhar, como me acontecia sempre naquele último ano. A barra estava pesada: Jarbas e Woo não me queriam por ali. Encontrei dois e-mails do Woo insistindo para que eu procurasse um psiquiatra. Davam-me por doido. Estavam mais perto da verdade do que eu. Disso eu sabia.

Não parava de pensar no que se passara. Resolvi procurar mais uma vez o Pinto. Afinal, Emídio dissera que ele falou demais. Será que o homem ainda estava vivo? Fui ao escritório dele.

— Outra vez me procura por causa daquele marginal, Leonardo? – Pinto gritou subitamente exaltado. Outro amigo de infância aos berros comigo em menos de um dia – pensei: o que estaria acontecendo?

— Eu te disse na última vez que ele está em Goiás. Esquece isso – falou alterado.

— Eu fui para Goiás. Encontrei o Dé, o Salviano, mas nada do Emídio – retruquei.

— Esquece. Se afaste dele. Volta para sua vida, para sua empresa, não o procure mais.

Senti cansaço só de pensar em narrar ao Pinto o que se passava no meu escritório, o que houve em Goiás. Iria parecer um monte de loucuras e nada me era mais penoso do que lembrar meus desatinos.

— Eu só queria saber o que está acontecendo -- balbuciei.

— Ouça, Leonardo: ele já era. É um homem morto.

— Mas eu o vi ontem.

— E se o viu por que veio aqui perguntar dele? – o Pinto estava cada vez mais exaltado.

— Ele me enxotou e eu não sei o motivo. Vim te perguntar.

— Ninguém que vive como o Emídio termina bem – falou baixo de repente ao mencionar o nome de nosso amigo. – Ele está marcado para morrer – continuou. – Nunca em meus tantos anos de criminalista encontrei um só traficante, um só assassino que não tenha morrido violentamente. E nada mais te digo. Escute: volte para sua vida e deixe isso de lado.

Deveria ter seguido o conselho do advogado. Ele sabia o que dizia, mas é claro que fiz o contrário. Fui em direção à morte. Esse era o chamado que me atraía a não mais poder: seguia o impulso da destruição.

Em Goiás eu escutara mais de uma vez o nome da puta Noêmia. Eu a conheci muitos anos antes lá na rua Catão. Emídio se afeiçoara a ela e a protegia. Era uma das pessoas para as quais ele mostrava seu lado "Robin Hood", como fizera comigo nos tempos do Collor de Mello. Foi fácil achá-la. As outras putas do lugar a chamavam de Mãe Boêmia. Nunca largou a bebida.

Fui à sua casa, bati na porta e me apresentei. Parecia que ela tinha sido atropelada por um caminhão. Os dois olhos roxos e um rasgo na boca.

Noêmia foi a puta mais bonita da região. Mãos de fada na massagem, boca carnuda, olhos de gueixa japonesa, oblíquos, cor e ancas de baiana. Emídio se derretia e ai de quem fizesse qualquer desfeita ou maltratasse a morena. Ele virava fera.

A simples presença do Emídio somada a algumas ameaças puseram em fuga os cafetões do puteiro. Decretou bêbado, em meio a uma sonora farra, a república livre da putaria da Lapa, e coroara Noêmia a princesa da orgia.

Ela levou a sério a brincadeira e reinou por anos. Nunca deixou de ser puta e o Emídio jamais pensou em casar ou ter compromisso com alguém. Gostava das putas pelo que eram, do jeito que se vestiam, dos banhos de sauna, dos boleros, da bebida e da esbórnia.

Noêmia ia e voltava da Bahia, a visitar a mãe, saboreando sua franquia de não sustentar homem e ter as costas cobertas por traficante perigoso. A vida para ela não passou, voou.

— O que aconteceu, Noêmia?

— Foi o Emídio. Ele disse que eu o esquecesse. Eu recusei. Ele disse para que eu não o procurasse. Eu recusei de novo. Aí, ele me bateu. Bateu muito e forte – ela choramingava.

Entendi o que se passava. O Pinto tinha razão. O Emídio estava marcado para morrer e não queria ninguém por perto, especialmente se fosse pessoa de sua predileção. A situação deveria ser muito perigosa.

— Onde é a boca de fumo dele? – perguntei.

— Tenha paciência, Leonardo. Olhe como estou. Não posso dizer.

— Isso é para você – disse passando dinheiro. – Agora, fala: onde está o Emídio?

Ela pegou o dinheiro, mas continuava reticente:

— Salva ele, Leonardo. Salva. Tira ele da cidade. Leva embora. Você pode. É um empresário, um cara respeitado. Salva a vida dele!

Ela ainda o amava. Mesmo depois daquela surra, pensei, nem querendo imaginar qual seria a situação dos dentes depois dos murros do Emídio.

— Tá bom! Mas não posso fazer nada sem nem ao menos saber onde ele está.

— Na Rua dos Gusmões.

— O quê? – reagi, sem acreditar que havia conseguido o endereço. – Onde?

— Lá na boca do lixo. Rua dos Gusmões. Acho que o número é 353. É um predinho, a três quadras da Santa Ifigênia, em direção à estação da Luz. Vai lá, Leonardo. Salva ele.

— Só posso ir amanhã.

Amarelei imediatamente. No momento mesmo em que escutei o endereço, fiquei com medo. Eu tinha ido atrás da Noêmia, atrás do Pinto e de repente uma luz de juízo me abate: se eu fosse à boca de fumo poderia morrer também.

— Vai lá, Leonardo – insistiu. – Tira ele da cidade. Eu não posso ir. Olha como ele me deixou. Na próxima, me mata.

— Noêmia, conta o que aconteceu. Por que o Emídio está nessa situação? Ele matou mais alguém?

— Ele ficou louco. Dizia que não aguentava mais, que não queria mais o tráfico. Que havia planejado largar essa vida e ficaria bem com o dinheiro que juntou. Dizia que há décadas sustenta um bando de policiais bunda moles. Andou a fazer loucuras. Não pagava mais o arrego e peitava os homens.

— Ele matou alguém? – insisti.

— Matou – ela falou baixo.

— Alguém da polícia? – gaguejei ao perguntar.

— Sim. Ele matou; matou mesmo. O sacana merecia. Não saía de cima. Querendo mais, mais dinheiro, mais dinheiro – ela passou a soluçar alto.

— Tá bom, Noêmia. Para. Olha... – continuei para acalmá-la. – Pega esse dinheiro que te dei e procura ajuda médica. Vai ao pronto-socorro.

— Nunca.

— Se cuida, Noêmia – eu rogava. – Essas pancadas podem ter feito dano maior. Eu vou lá assim que conseguir, tá bom? Não se preocupe mais. Fica calma. Descansa.

Foi assim, com esse tipo de apelo, que a deixei. Minutos depois nem me recordava da sua existência. Pensava que poderia ter sorte: ir até o Emídio, pegar uma boa porção de maconha e ir embora antes que alguma coisa acontecesse. Com a droga na mão, poderia recomeçar minha vida: levantar o escritório. Em seguida, pensava que devia mesmo tentar fazer alguma coisa pelo Emídio; afinal, muitas vezes me ajudou.

O fato é que de novo estava com tanto medo quanto sentira ao enfrentar a assembleia em Kadiwéu. Sentia o peito pequeno, dificuldade para respirar, ansiedade e medo, sempre o medo. Em verdade, mais aspirava à ruína do que procurava evitá-la.

Fui à boca de fumo do Emídio no dia seguinte. Dormi a poder de sonífero. Dava um tempo a mim mesmo para desistir de aventura tão insensata, mas peguei um táxi e rumei para a boca do lixo.

# A Rua dos Gusmões

Nem pensar em dar um endereço da Rua dos Gusmões para o motorista. Certamente se recusaria a ir. Nunca a dos Gusmões fora rua pacífica. Havia nas suas esquinas, quando eu tinha dezessete anos, putas barrigudas, vestidas de *collant* amarelo que roçavam as unhas tintas de vermelho nos braços dos homens e meninos a nos convidar, "Tesão", para uma foda. A rua inaugurava uma vizinhança que, não por acaso, era chamada Boca do Lixo.

Havia malandros, ladrões, proxenetas, garotos de frete, trombadinhas; até se tornar um dos centros da cracolândia na década de 1990. Cracolândia é o nome dado aos centros de tráfico e consumo de crack, a droga mais poderosa que apareceu para os viciados do centro da cidade, apenas não mais barata que cheirar cola, e a dos Gusmões é um dos seus templos.

Desci na Santa Ifigênia, em meio às lojas de eletrônica, de aparelhos de som e imagem que por lá são às dezenas, esbarrando em músicos, *nerds* da informática, *gamers* em multidão e me encaminhei para a dos Gusmões, sempre violenta, até na época em que foi o centro do cinema brasileiro.

O passado me golpeava, o passado do passado e eu misturava às visões do presente. Via como se a rua fosse a peça de teatro *Vestida de noiva* de Nelson Rodrigues, para a qual o autor dividiu o palco em três planos. Primeiro plano: a alucinação; segundo: a memória; e terceiro: a realidade. É assim que o leitor deve enfrentar as lembranças a seguir.

Eu tinha ali um parente, tempos antes, desses que conheci tarde na vida e acho que era tio de minha tia ou algo assim. Chamava-se Feliciano e tinha uma distribuidora de cinema na Rua dos Gusmões. Havia no porão da Saturno Filmes os mestres italianos Antonioni, Vittorio de Sica, Fellini e mais: os velhos filmes dos Três Patetas, do Zorro e séries de TV como *Jeannie é um gênio* e *A feiticeira*.

Esse tio fora motorista de táxi no início dos 1930. Tinha um carrão Ford, todo preto, um bigodão, foi boa pinta e elegante. Feliciano era também, naqueles anos, garçom, cantor de tango numa boate e ponta direita do Corinthians quando os times de futebol jogavam somente aos domingos e os jogadores ganhavam o bicho. Em caso de derrota, ninguém recebia.

Feliciano fundou uma distribuidora de filmes porque um dos taxistas do ponto trouxe a notícia de uma nova lei determinando que essa atividade passaria a ser "exclusividade de empresas nacionais". Em São Paulo ainda não havia nenhuma.

Resolveram entre si e cada um deles fundou uma distribuidora. Eram cinco portas, quase sempre fechadas, uma ao lado da outra, num prédio perto do ponto de táxi. Quem quisesse exibir um filme tinha por força de procurá-los e assinar um contrato, puramente formal, pois nada faziam: apenas cobravam sua parte. Mas havia uma cláusula nos contratos que os aborrecia: a solidariedade no prejuízo. Se um filme fosse desastre de bilheteria, eles saldariam as despesas meio a meio com o exibidor. Sendo assim, fizeram cu doce para muitas propostas.

Certa vez meu tio foi procurado por um representante de companhia norte-americana para quem haviam recusado a distribuição do seu novo longa-metragem: *Tarzan, o filho das selvas*. Feliciano desculpou-se alegando que o filme dera prejuízo. Mas o representante, no desespero de falar ao último dos distribuidores, explicou que se tratava de um novo astro como protagonista, "medalha olímpica, chamado Weissmuller". Eram fitas novas. Nem lembrar o fracasso que fora quando filme mudo.

Meu tio assinou finalmente a papelada para se livrar do moço que se desmilinguia de tanto pedir. Para sua surpresa, ganhou bastante dinheiro com o contrato. Formou os filhos e, graças ao grito do Tarzan, melhorou aquele ramo da família que eu nunca soubera com certeza onde colocar na minha árvore genealógica.

A Saturno Filmes ficava na Rua dos Gusmões. Pra lá fui levado "para conhecer o sucesso dos parentes" pela minha tia Valquíria, que alimentava algum tipo de esperança de que Feliciano fizesse o papel de meu pai ausente: aconselhar-me justamente, mostrar-me caminhos de vida bem-sucedida e outras coisas do gênero.

Feliciano nunca falou nada comigo sobre a vida, mas parecia gostar de mim. Voltei lá várias vezes. Na dos Gusmões ficava o estúdio do Zé do Caixão, diretor do mais puro cinema de terror, um gênio na expressão de Glauber Rocha; realizador do clássico *À Meia Noite Levarei sua Alma*, com longos closes nos detalhes: olhos, mãos, tarântulas.

Outro diretor de estética popular que eu adorava acima de todos foi Ozualdo Candeias, que trabalhou muito com David Cardoso, principal galã e também diretor da Boca do Lixo, quando ela se transformou na *hollywood* brasileira com centenas de trabalhadores espalhados pelas produtoras de filmes pornochanchada.

O Candeias fez um filme que merece ser visto, chamado *A margem*. Não sei se alguém dará importância a uma sugestão retirada de um livro intitulado *Memórias de um melancólico delirante*, carecendo de credibilidade outra que não seja apenas o prazer de contar histórias. Mas esse filme, garanto, inaugurou o cinema marginal no Brasil e também o Centre Georges Pompidou em Paris.

Era estrelado por Valéria Vidal, a mais linda atriz. Registrou a vida daqueles que moravam na outra margem do rio Tietê quando a cidade possuía apenas duas pontes que interligavam o sul ao norte. Do outro lado da margem viviam prostitutas ladronas, perigosos cafetões, falsos deficientes mendigos, faxineiras que pagavam michês nos escritórios ao redor do viaduto do chá. A personagem de Valéria iria finalmente se casar com um cafetão almofadinha na tarde em que ele é assassinado e perde-se no mundo.

Ozualdo fora boiadeiro, tocador de boiada, foi caminhoneiro, de caminhão toco de dois eixos. O erotismo fino e o drama social de *A Margem* inauguram a indústria cinematográfica da confluência das ruas dos Gusmões e do Triunfo que fazia mais de sessenta longas metragens por ano e isso por mais de duas décadas.

O filme tem poucas falas e é pontuado por um pobre de mente fraca que vacila a oferecer uma linda flor às mulheres que atravessam a pinguela em direção à cidade. Câmera firme, Candeias queria prescindir dos diálogos, aspirava a filmar para analfabetos que não conseguiam ler letreiros, como nos bangue-bangues de Tony Vieira e dele próprio. Chegou a filmar uma versão de Hamlet na qual os personagens não falavam, mas cantavam feito passarinhos.

As pornochanchadas produzidas na Boca eram água com açúcar. Não se deixe o leitor se iludir por esse pornô no nome. Mostravam os peitos das atrizes, a bunda metida numa calcinha maior do que deveria ser, e trepadas não propriamente ginecológicas, mas apenas sugeridas. O sexo era implícito e não explicito. O único sexo era o oral: podia-se falar de sexo. Era o máximo de sacanagem permitida na época.

Criaram um polo da indústria do cinema na boca do lixo. Seus filmes eram os de maior bilheteria nacional: mostravam cenas ousadas, algo que a televisão do regime militar nem poderia sonhar em transmitir. Era o reino da Pin-Up para a molecada. Adorava ir lá e ser o sobrinho do senhor Feliciano para ver filmagens e as vedetes pelas quais os meninos babavam seduzidos pelas revistas masculinas.

Havia figurantes, cenaristas, marceneiros, continuístas, fotógrafos, heróis e vilões. Esbarrávamos neles, tomávamos café nos mesmos bares, o Soberano e o Ferreira, e no outro dia era eu quem virava herói nas histórias da Rua dos Gusmões que contava para os colegas no colegial.

Neide Ribeiro, Aldine Muller, Nicole Puzzi, Marlene França, Zilda Mayo, Helena Ramos. No imaginário da molecada o estúdio de filmagem era um verdadeiro bacanal. Eu me portava com frieza e discrição profissional e deixava correr os boatos de minha presença na Boca, até uma história de que eu haveria presenciado um *striptease* da Vera Fischer (ex miss Brasil), glória maior, graças ao meu ilustre parente.

Finalmente o cinema da Boca do Lixo foi derrotado pelos filmes pornográficos importados, roubando público e salas de exibição. A incapacidade do país em financiar e garantir sua própria produção de imagens foi o tiro de misericórdia. No governo Sarney, a vigilância que garantia a obrigatoriedade de se exibir filmes brasileiros deixou de existir; Collor de Melo fechou a Embrafilme e o Conselho Nacional de Cinema. A censura aos poucos foi derrotada e um verdadeiro tsunami de pornografia internacional afogou a Boca.

A dos Gusmões murchava e voltava à penúria de suas putas, rufiões, malandros e droga. Muita droga. Eu já tinha dobrado a esquina e caminhava pela rua de meu tio, há muito falecido, por entre drogados chapados jogados no chão com cobertores baratos, maltrapilhos, fedorentos.

Vinha dividindo a realidade do crack com o passado dourado e fugaz do cinema brasileiro morto, superposto àquela rua, sentindo-me protagonista de filme bangue-bangue nacional que iria duelar ao pôr do sol com o inimigo, na rua central da cidadezinha do velho oeste.

# O Fim

Andava lentamente entre a arquitetura nada notável de prédios pequenos apertados uns aos outros que se estendiam até que a rua se esparramasse na grande praça da velha e majestosa estação de trem da Luz, quando cheguei ao sobrado de número 353. Olhei para a Rua dos Gusmões talvez pela última vez antes de entrar e subir a escada da construção escura, úmida e acanhada. No andar de cima, uma porta, de ferro e pesada, onde bati com determinação. Abriu-se uma portinhola, suficiente para divisar um rosto negro e redondo.

— Não vai me pedir a senha? – perguntei tentando fazer graça.

— O que você quer?

— Fala para o Emídio que é o Leo. O Leo da Rebouças.

Acabei de falar e estourou o primeiro tiro. Sirenes de viaturas policiais gritaram. A portinhola fechou-se. Escutei gritos do Emídio e a metralha não tardou. Estava no meio de um tiroteio. Dei meia volta e disparei escada abaixo. As pernas desceram-me os degraus valendo-se de si mesmas.

Ganhei a rua e virei rápido em direção à Praça da Luz. Os tiros eram muitos, berros, vidros que quebravam, ouvi barulho de canhão, estrondos. A munição dos dois lados era pesada. Uma guerra. Corri como nunca e não olhava para trás.

Sempre fumei, não praticava esportes, desprezava discursos sobre vida saudável. Aos cinquenta anos isso não combinava com a velocidade que corri guiado, insisto, unicamente pelas pernas, pois o cérebro não reinava. Em disparada, virei tantas ruas e esquinas que não poderia dizer que caminho segui e nem para onde ia. Quanto mais longe do perigo mais corria até que uma dor lancinante no peito me fez ajoelhar. A dor era tamanha que vomitei e pensei ter sido baleado.

Antes fosse. Transpirava frio aos potes, o ar me faltava. A dor no peito passeou, irradiou nas costas, no rosto e meu braço esquerdo pesou tanto que me conduziu na queda. Era um ataque do coração.

Não o suficiente para me matar, mas foi o princípio do fim. Emídio não escapara ao cerco. Meu amigo não fez muito pela sua defesa: assomou a janela atirando sem parar até que foi crivado por um sem número de balaços desferidos pela extensa soldadesca que o cercava.

Ele morreu e eu fiquei mutilado. Esse foi o desfecho do duelo que fantasiei.

Passei dias internado em um bom hospital para onde fui levado pelo Jarbas e Woo que pagaram minhas despesas. Havia meses eu não saldava meu plano de saúde particular. Simplesmente esquecera desse compromisso. Uma semana depois de voltar ao meu apartamento para me reabilitar, tive um AVC. Um acidente isquêmico.

Meu coração traumatizado não conseguiu bombear sangue corretamente para o cérebro. Era a insuficiência circulatória agravada por coágulos nas artérias. Não me lembro de dores ou qualquer outro sintoma do AVC. Acho que dormia e acordei com o lado esquerdo inteiro do corpo paralisado: mão, perna e boca.

# O Visconde Partido ao Meio

Agora eu arrasto metade de mim. Lembro-me de *O Visconde partido ao meio*, de Italo Calvino. Mas no meu caso – diferente de Medardo di Terralba, que fora literalmente partido em dois numa guerra e passa a existir em duas metades diferentes – a minha metade estava morta, necrosada. Peno muito para mexer um dedo, não sei bem para quê, mas dou espasmos na perna vitimada; consigo, a pulso, movimentar o braço, e sempre, sempre me arrasto pela sala, cozinha e lavabo (o banheiro dourado resta inútil no andar de cima, e eu me esforço muito para visitá-lo e chorar sua ausência).

Levo os dias à janela, olhando a rua e maldizendo ter ido morar em lugar relativamente sossegado, o tanto quanto possível em São Paulo. Rezo para passar uma moça. Comprei binóculos usando o computador. Como as moças são lindas com seus rabos de cavalo. Ah! Se eu soubesse disso com tanta clareza. Porque saber sempre soube, mas me portava como se fosse imortal. Segue intacta a odiosa permanência da vida e arrasto suas correntes.

Gostaria de me excitar e arriscar uma punheta, mas desde o ataque do coração e AVC, nunca mais. Peguei o hábito de ranhetar, cuspir e praguejar. Tenho medo de me estimular e nada acontecer, me escondo na possibilidade de acontecer, nunca enfrentar. Temo a morte e a embalo devagar, rezando para que não acorde. Apego-me à minha condição e enquanto ainda respirar, respiro.

Gasto as economias com parcimônia. Comprei uma pequena alavanca meticulosa de cortar comprimidos exatamente ao meio, sem desperdício da fortuna que me custam. Minha meia boca ainda ágil exige fumar, mas o fato de não poder mais comprar me consola, calculo o preço de cigarro a cigarro. Eu que fumava charutos cubanos com mojitos à moda de Hemingway. Onde tudo o que ganhei e que não dividi com alma alguma?

Nas ruas de Havana com putas cubanas, em Puerto Rico, Jamaica, Barcelona, no cassino de Montevidéu. Eu o preferia aos de Asunción e mesmo aos de Las Vegas, onde também estive na voracidade de cobrar a vida. Lembro-me de alugar um *coche* em Montevidéu, embarcar duas *scort girls*, cruzar o pequeno país em busca de Colônia do Sacramento, a mais linda – talvez única – joia que nos legou o império português. Lá nos embebedar no restaurante mais caro, atirado quinhentos metros rio da Prata adentro. Depois, uma noite mal-dormida, espremido nas duas mulheres de aluguel e, na manhã seguinte, pegava o *buquebus* até Puerto Madero, Buenos Aires, onde fui tantas vezes.

Tive amigos em Buenos Aires. Foram todos tangidos pela grande crise de 2001. Martin, o meu preferido, foi-se a Dominica, outros vieram ao Brasil, muitos a Espanha, Paraguai. Foi a diáspora.

Martin, de quem nunca mais tive notícias, era espirituoso. No início de uma das crises financeiras da Argentina, tão repetidas quanto as do Brasil, liguei preocupado de São Paulo. Em meio à conversa, perguntei no portunhol que nos unia e divertia:

— Quanto está o valor do dólar?

— Hoy o dólar vale dos pesos e duas medidas – respondeu meio argentino e baiano, como ele se dizia.

Íamos a La Bombonera ver o futebol. Gostava das torcidas de lá que cantavam todo o tempo "Y dale dale Bo...". Visitávamos os cafés, sebos, Teatro Colón, shows do Les Luthiers, tomar um vinho de Mendoza: amei Buenos Aires por tempos em minha vida.

Certa vez fui a Montevideo com a teima de abrir uma conta bancária e criar a minha "conexão Uruguai" que fazia sumir os depósitos, reaparecidos em dólares americanos de forma tão mágica quanto misteriosa. Ideia tirada dos jornais que nos contavam detalhes escabrosos do reinado de Collor, o breve, em 1992. Eu metido numa estranha ideia de grandeza, outro devaneio, julgava-me rico e queria – por que não? – ter a minha própria conexão Uruguai.

Fiquei decepcionado: era preciso ter domicílio no país ou empresa aberta na junta comercial.

— Por acaso não conhece ninguém na cidade? – encorajava-me o gerente do banco na esperança de ter mais um cliente.

Ante minha negativa, o incansável banqueiro me informa que as filiais de Buenos Aires seguem o mesmo princípio. Meus olhos brilharam.

— Posso indicar um domicilio Argentino? – perguntei.

— Nuestra filial de Buenos Aires seguramente aceptará – sentenciou o já vitorioso gerente.

De Montevideo fui para Puerto Madero. Preferia o *buquebus*, navio que demorava horas para transpor o rio da Prata, aos aviões. Gostava de ver o rio-mar na viagem para Buenos Aires. Martin me esperava. De lá fomos para um filé argentino (que só perdem no mundo para os uruguaios) e acomodações no velho hotel Ritz, na Avenida Nove de Julio. Os elevadores do hotel ainda tinham portas pantográficas de acionamento manual.

Odiava o então presidente Carlos Menen, e "sus chuletas", porque havia fixado o valor de um peso igual ao de um dólar americano, artifício monetário chamado câmbio fixo. Eu era obrigado a pagar quatro dólares por cafezinho na rua e me desesperava ao saldar a conta do meu modesto hotel, pois para o viajante as contas, no final, eram pagas em dólares e não em pesos.

Em função dessa bruxaria econômica, Menen se eterniza no comando da Argentina, até deixá-la à beira da bancarrota para seus sucessores. Foi o que derreteu o país em 2001.

Visitei a família de Martin em Villa Devoto, cidade ao lado da capital e para onde se seguia de trem. A ordenação portenha excedia em muito a brasileira no início dos anos 1990. O trem era arrumado e civilizado (enquanto já havíamos levado à breca nossas ferrovias) e a cidade em tudo cuidada, humana e bela com flores. A escola municipal, vista da linha férrea, era ampla, iluminada. O hospital também. O povo tinha dignidade naquela periferia.

Encontrei Martin num pequeno prédio de esquina com três andares: embaixo, no térreo, era uma loja, no segundo andar morava sua mãe, no terceiro vivia com a mulher Samanta (ruiva com olhos claros e tentadoras pintas espalhadas no colo e face) e seu filho, lindo e moreno, de seis anos de idade, chamado Agustín.

Depois de um forte cigarro de maconha fomos à sala, comemos e conversamos. Toca a campainha e Martin traz um amigo sorridente que nos cumprimenta e, no entanto, não se demora conosco. Vai acompanhando Martin até o quarto (imagino eu). Na volta, o visitante apenas nos olhou, sorriu e murmurou um até breve.

Meia hora depois e a cena se repete. Na terceira ocasião, Martin e seu novo amigo passam pela cozinha, onde eu podia vê-los: era aberta à sala. Martin pega uma balança pequena e tornam ao quarto. Acudiu-me: a casa é ponto de venda de drogas, não poderei dar esse endereço ao banco Uruguaio.

# Ao Racing Club

Cismado em estar em lugar perigoso e temeroso pelo fim de minha conexão Uruguai, esperei para atacá-lo de perguntas sobre os amigos de Buenos Aires. Eram amigos dele, explico, mas que pelos mesmos laços nos considerávamos amigos também.

— Uno de ellos había ido a São Paulo – informava pacientemente Martin – otros más a España...

— Mas e Pingüino? – eu me esperançava. Herdara um "quiosco", desses de vender alfahojes, cigarrillos e galletas. Por força permanecia na cidade.

— O quiosco es cerrado.

— Como pode um quiosco falir? – perguntei certo da imobilidade do mundo.

— Teníamos el hábito de ir allí, comíamos, bebimos, no pagamos, fue un desastre.

— Y donde esta Pingüino? – insisti.

— Pingüino hoy vive en el Paraguay, em Pedro Juan Caballero.

Apenas tive tempo de exclamar "Pedro Juan?", lembrando imediatamente que era a rota dessa cidade com Ponta Porã (com a qual divide a mesma mancha urbana) a mais movimentada do contrabando variado entre Brasil e Paraguai.

— Pingüino se dedica a la venta de cigarrillos. – pasmei tanto da resposta, que ele explicou:

— Si, si, falsos. Pero, cigarrillos buenos. – Dei adeus à minha conexão Uruguai.

No outro dia fui visitar Martin na sua empresa. Era dono de uma agência de motoboys e ele próprio um motoqueiro apaixonado. Na sua sala duas grandes poltronas, uma mesa e cadeira giratória, com um monte de telefones de onde operava o sistema de distribuição de documentos, projetos, fotos, comida e tudo o mais que pudesse circular sobre uma moto. E imediatamente concluí: até maconha! Atrás da cadeira de

Martin havia uma bandeira da Jamaica com a cara do Bob Marley.

Outro disfarce perfeito. Martin distribuía maconha pela cidade aproveitando-se da empresa de motoqueiros. Muito imaginativo o tráfico: uma é senhora, costureira, com a cara de tia de qualquer um; outro se faz policial para melhor proteger o seu negócio; Martin não deixava nada a desejar em criatividade.

Torcia apaixonadamente pelo Racing, time de futebol portenho, esse meu amigo que conheci em congressos de estudantes em São Paulo. Martin era formado em psicologia, como de resto parecia-me que toda a população de Buenos Aires o era. Amava o Brasil, em especial as brasileiras. Por ser estrangeiro, ele colheu as atenções das estudantes no tempo em que começou nossa amizade.

Até tentou, apesar de meus avisos, ser plantador de tomates no sul da Bahia. Menos de um ano depois, retorna derrotado e volta a Villa Devoto para meu alívio (eu preferia visitá-lo a Buenos Aires do que na Bahia).

Por torcer pelo Racing de Avellaneda, Martin dera ao filho o nome de Agustín, lembrando o goleiro Agustín Mario Cejas. Esse clube fora, na década de 1960, um timão. Batia-se com o Santos de Pelé e Coutinho pelos títulos continentais. De lá pra cá, poucas alegrias proporcionou à sua fiel torcida.

Boa era a recordação de Cejas. Um dos melhores. Tantas aprontou ao grande time brasileiro, que foi contratado e jogou no Santos até 1973, onde pude vê-lo ao lado de Ramos Delgado, zagueiro que viera do River Plate, outro craque.

Agustín (a quem os pais apelidaram "Lagostin") gostava de jogar e prometia cumprir a sina de goleiro no Racing de seu pai. Vivia com a bola nas mãos e seus amigos o chamavam *pelotin*, ou *el polilla* pelos saltos que dava. Uma vez perguntei-lhe sobre o retorno do grande Maradona ao Boca Juniors para suas últimas temporadas. Ele sacudiu os ombros ao seu antigo ídolo: "Maradona? Que me importa Maradona?", não o perdoava por não jogar em Avellaneda.

Ele gostava de arroz com ketchup para desgosto da mãe Samanta naturalista. Uma vez levei o *pelotin* para assistir um jogo de futebol de seu pai com os amigos em um parque da cidade. Vinha animado, pequenino, falando sem parar e dizia-me que os adultos tinham tanta força nos seus chutes que era preciso uma grande vara para despregar as bolas que ficariam penduradas no céu e nas estrelas.

Jamais os vi outra vez. Buenos Aires nunca mais.

# A morte atômica

Tinha também amigo europeu, de Paris, o Jean Marc. Tinha não, tenho. Está por aí no mundo virtual. Sabedor da minha condição, manda-me fotos. Enviou o vídeo de uma peça de teatro na qual trabalhou. Era engenheiro de som e pagou de galã numa ótima leitura do conto do Kafka *Informação para os senhores acadêmicos*, que ele e mais dois atores levaram à temporada. Um amor de pessoa.

Passeávamos no Boulervard de Sébastopol, no Beaubourg, visitávamos os museus, admirando as mulheres no inverno de Paris, tão elegantes e bonitas. Numa das visitas, namorei Cathrine em francês. Ela era alemã e o fato do francês não ser a língua materna de ambos ajudou. Ninguém conhece língua nenhuma sem antes ter namorado nela.

Dei vexame, é claro, com Cathrine. Por ser brasileiro despertava a curiosidade dos amigos de Jean Marc. Aproveitei disso e tive uma longa conversa com ela. Fisguei-a quando exclamei "pauvre Cathrine, qui n'a personne à aimer", em resposta aos dramas pessoais que ela desfiava. Para meu espanto ela chorou e eu enfiei mais algumas mentiras.

Era linda a alemã. Mais alta que eu, olhos azuis que deveriam ser mumificados para iluminar a humanidade para sempre, inteligente, loira, atlética. Depois de uma semana de romance tórrido, apaixonado, propôs que eu fosse viver com ela em Dresden, na Alemanha recém-unificada. Imediatamente passei a planejar como me livrar de uma das mulheres mais lindas dentre as que haviam cruzado meu caminho.

Dresden ainda estava em ruínas desde a Segunda Guerra Mundial, quando sofrera um bombardeio da aviação aliada pior e mais cruel que o de Guernica na guerra civil espanhola. Definitivamente eu não iria viver lá. Não sei se foi medo de uma mulher assim perfeita; o caso é que fui um calhorda: pretextei assuntos urgentes em São Paulo, mas que ela fosse descansada para Dresden que eu, mais tarde, iria viver com ela.

Amamo-nos como nunca nos poucos dias em que a mentira durou. Dei-lhe contatos e telefones falsos no Brasil. Nunca mais a vi. Guardei um bilhete que ela escrevera no dia da minha partida por anos na carteira. Vez em quando o relia e acariciava sua caligrafia até que se desfez. Nem fotografia de seus olhos restou.

Foram-se meus dias, meu tempo passou. Passou leve na maior parte, por isso dói-me tanto.

Já estou morto. Resta adiar o golpe final. Sei que frustrará aqueles que, com razão, idealizam o Cyrano de Bergerac, a quem o que importava na vida era a luta contra a mentira e os compromissos, que se recusava a ter um protetor para não exercitar a espinha a dobrar – antes desencarnar do que perder a liberdade. A mim o que me ata à vida é o medo da morte.

Por não saber o que é essa megera tenho medo, pavor dela, e sou covarde, um anti Cyrano. Sei que a morte é uma possibilidade improvável. Minhas moléculas retornarão ao universo, à terra, aos criatórios, e se transmutarão mais uma vez e outra e outra de tantas seguidas vezes a renascer; mas, pelo visto, perdemos a memória que por sorte não cabe no exíguo espaço molecular. Que sejam as tantíssimas partes, bilionésimos de mim, para que ainda assim restasse um pouco que fosse da memória. E essa é a morte: atômica.

Aqueles que se libertam do medo do fim da memória serão abençoados com a eternidade. Aqueles que acham a alma na memória, como eu, sofrem para morrer. Elevam ainda ingênuos a tão alto posto a memória individual e não se deixam embalar com a memória universal, o deus imanente de Spinoza. Sendo assim, fruto do livre arbítrio, quem toma o caminho do esquecimento goza mais rapidamente o tempo inesgotável da eternidade. O silêncio no espaço molecular deve ser imenso e eterno. A voltar a ser flor, árvore, campo, água de chuva e rio; voltar às criaturas, atritar-se como formiga, hibernar como urso e a memória seria a mesma, a mesmíssima.

No antigo Egito, o morto poderia ser associado a Osíris e seu corpo brotaria como as sementes. O sacerdote dirige a Rá essa prece: "Que seu corpo possa germinar". O retorno à terra Mãe é um novo nascimento. A terra absorve as criaturas, semelhantes às flores do campo. O leitor, inteligente como é, vai objetar que essa é uma visão primitiva, arcaica. Só o que posso dizer é que se os antigos estavam errados, nós estaremos certos, razoáveis e corretos em tudo? Diante da incerteza, sigo adiante.

No entanto quero mais. Quero ser Deus. Quero guardar a memória universal em mim. Não quero outra felicidade que sentir-me a mim inteiro, íntegro. Não suporto a morte, o caos e esfacelamento. Credo em Cruz! O materialismo é uma metafísica.

Perdoe-me o leitor por prolongar essas recordações rasteiras, assim de galho em galho, numa parola saudosista e romântica. Sim, romântica, no sentido de dar à vida um movimento que ela não tem. Romântico dicionarizado, ou aquele que se eleva acima da vida prosaica e cotidiana, mas ainda assim a vida.

Esses saudosistas que garantem aos outros que no tempo de sua meninice a felicidade era verdadeira, entre outros suspiros, não passam de nostálgicos que distorcem o tempo para sublinhar as tristezas do presente. Glorificam um passado que nunca existiu e – se houve – nada de glorioso tinha. Apegam-se a uma simples imagem, invertida à realidade.

Aqui, preso ao meu apartamento, ocorreu-me que a vida é também placidez.

Lembro prostrado das melhores fases quando as mulheres mexiam comigo na rua. Recebia cantadas, gracejos, olhares que me faziam feliz. Não que vivesse como garanhão reprodutor em muitas estripulias amorosas, não; apenas, às vezes me senti em um pomar, podendo colher as frutas que quisesse. Mas, na verdade não tive as mulheres que escolhi. Tive as que me escolheram.

# Angélica

Angélica era doce, morena, cabelos curtos, linda, meiga, adorável na maneira douta de seduzir. E eu me deixava lá embasbacado, pronto para segui-la onde fosse. Amei Angélica, chegava a sentir dor física se separados por certo tempo, tínhamos verdadeira atração. Não conseguíamos nos desgrudar nas manhãs e adiávamos o dia, por temer parar de brincar como crianças. Ah! Que falta fazem, ninfas da minha vida. Como prosseguir sem vocês?

A atração era ela, seu rosto e sorriso. Coisas como a atração são importantes e nos escapam à compreensão. Com a Luisinha aconteceu na primeira vez que dormimos juntos. Acordei no outro dia e exclamei: encaixou direitinho! Nós dois côncavos, anatomicamente dispostos, dormindo de lado, tranquilos.

Pasmei tanto com aquilo que com ela me casei, mas não casei com Angélica porque ela era profissional e eu um imbecil. Explico o caso: como já tentei dizer antes eu era um asno, então gastava parte do que me cabia na sociedade mantendo um casarão não distante do escritório mediante aluguel.

Supostamente aquilo era minha casa: tinha três amplos dormitórios e um banheirão no andar de cima; uma escada vazada estilo Brasília anos sessenta levava a uma sala de dois ambientes generosos e divididos por degrau. Cozinha, sala de jantar e terminava em u, estendendo-se até a dispensa, mais um banheiro, e em cima um segundo andar avarandado que fazia se dobrar sobre o pátio aberto.

Tudo lajotado, para que se passasse uma camada só de detergente e brilhasse. A casa era reformada para facilitar a manutenção. Não se prestava a uma família comum, era destinada a arapucas. Eu levava os clientes lá para jantar e apresentava Angélica como minha esposa, depois de contratá-la para mais um servicinho. Jarbas ia e levava a mulher dele que à época jogava no ataque e era entrosada com o time.

Não perdemos nem um só daqueles clientes por anos. Angélica mostrava as pernas, deixava cair o decote e dava, vez por outra, olhares e os homens achavam que podiam alimentar algum tipo de esperança depois disso. Viviam na expectativa de olhares mais significativos. Era ótima a Angélica. Genial!

O melhor de tudo era quando iam, finalmente, embora conformados em não ter Angélica. Sorríamos e nos abraçávamos forte. Magnetizados. Força da natureza: atração de corpos. Nunca mais queria me livrar daquilo. Vivia atrás de trouxa novo para levar aos jantares com Angélica a tiracolo. Dormir com ela fazia parte do contrato (*Thanks God*).

Nos dias que antecediam os jantares, eu atarefado a contratar bufês e garçons, via o céu mais azul, a lua brilhante e bela na ansiedade de rever Angélica. Padecia de apaixonado e fazia todos os sintomas clássicos, mas não lhes dei a importância e hoje a saudade me avassala.

O estimado leitor precisava ter visto um jantar daqueles. Havia até os clientes que dançavam. Era divertido vê-los a balançar as gorduras. A vida nem sempre é triste. Deveria tê-los filmado.

Falava inglês a danada da Angélica. Ajudou várias vezes nas negociações. Comovia ouvir aquele inglês educado, de aliança cultural, esforçado, e não o meu esfarrapado "street". Aos jantares compareceram americanos, industriais locais, ingleses, japoneses, alemães, mexicanos, argentinos, uma legião. Por fim os chineses e coreanos.

Os coreanos foram realmente engraçados. Uma vez, conseguimos não me recordo por quais artes, marcar uma reunião deles com o Pelé para tentar um contrato de publicidade com o Santos. A notícia se espalhou entre os variados *boards* da corporação (*big one, believe me*), em vários países diferentes, de modo que na data acertada, em Santos, numa mansão do rei do futebol, havia mais de trinta altos executivos, sedentos por uma foto com Pelé.

Abdiquei da minha participação na reunião e depois ri bastante quando os vi desistir do contrato porque o preço era alto demais. Fiquei orgulhoso do nosso Rei. Os chineses foram os que mais deram trabalho. Imagine que um deles comprou um puteiro ao lado do Teatro Cultura Artística na Praça Roosevelt. Mas essa eu não vou contar. Juro: chega de história.

Um dia de chuva liguei para Angélica. O telefone estava desligado, tentei os outros números mais antigos que guardava comigo. Nada. Senti um vazio no estômago. Apressei-me a procurar pessoas que a conheciam. Poucas. Delas tive a notícia que há semanas não a viam e que ela, por certo, nem programas fazia mais. Perdi Angélica. Notei que o número de telefone era a única coisa que nos ligava. Pouco demais para ela que cansou de me esperar, de esperar uma palavra que fosse para que ficasse. Eu nunca disse coisa alguma e sempre a amei, certo de que responderia pronta a um chamado meu. De novo: nunca mais a vi. Quantos perdi em minha vida?

# Ânsia

Costumo pensar na morte, a temer e por ela ansiar. De novo atomista, julgo que o desaparecimento sem substituição de tantas e tantas células do corpo, esse morticínio celular que nos acomete depois de certa idade, nos faz pensar mais amiúde na morte. Por alguma artéria desconhecida a carnificina brota na consciência e nos traz imagens do aniquilamento. No meu caso, julgo, com especiais razões.

Ah, se lhes pudesse narrar agora uma morte gloriosa como a do Senhor de Bergerac. Com qual fim dessas memórias presentearia ao leitor? Mas nasci com um não sei o que contra o romantismo. Cyrano havia, ao fim de sua vida, depois de fama adquirida na ponta da espada, fundado um jornal para melhor espicaçar os aristocratas franceses. Por isso tramaram contra ele e o levaram à sepultura.

Duelista invencível, lutador incansável contra a hipocrisia, a mentira e a servidão, Cyrano de Bergerac era o mais feio dos mortais com um nariz que mais parecia uma tromba de elefante. "Músico, poeta e metafísico\ Espadachim, soldado e físico\... Amante envolto no mistério...". Mestre em valentia; é, no entanto, o mais famoso dos mentirosos.

O leitor se lembra com qual maestria ele engana a bela Roxana, de quem, por fina ironia, era ele próprio apaixonado e a entrega aos braços de Cristiano: o moço belo e sem espírito com as palavras. Faz dele uma marionete, escreve por ele as cartas de amor; e Roxana, arrebatada pelas palavras do poeta monstruoso, que acredita serem de Cristiano, com esse se casa. Nos últimos atos da peça teatral, a "fatal mentira" leva o belo moço à morte e Roxana ao claustro.

Quem é esse personagem Cyrano? O maior dos escritores, valente, invencível, espirituoso, forte e, ao mesmo tempo, horrível e incurável mentiroso.

Como já o disse, somos governados, em baixos primitivos pelo impulso de vida e impulso de morte, dois gêmeos, ibejis, na grande criação de meu pai Oxalá. Somos também atraídos pela morte, mas o medo maior nos mantém dela distantes.

# A Insônia, Musa de Olhos Arregalados

Não durmo, salvo a poder de remédios. No entanto, não há dinheiro e os raciono. Inventei uma regra determinando que depois de três noites contadas, tomo um. Assim gasto o consumo de dez desses comprimidos ao mês. Depois de duas noites sem dormir, passo vinte e quatro horas delirando. Vejo-me submetido a um tribunal público e hipócrita.

Juízes acusam-me de umas quantas mesquinharias como ter pago impostos com atraso. Eu me esforço, me debato para fazê-los compreender que não cometera um crime, mas não conseguia. Repetidas e repetidas vezes alucinei com a cena, semi-adormecido. As acusações variavam, vinham e voltavam como próprio aos delírios, mas havia uma estranha regularidade.

O tribunal se regia por regras hipócritas, como sei disso avaliará o leitor. Era terminantemente proibido aos juízes falar a verdade. Suas considerações prendiam-se todas ao regimento processual da Corte. Discutiam se me era permitido falar ou não em determinada ocasião ou sobre um tema qualquer. Citavam longas jurisprudências sobre a forma de dispô-los sentados ou da aparatosa vestimenta que ostentavam, por exemplo. Eu me desesperava, a condenação, e eu sabia de antemão, seria dura: a vergonha, o opróbrio, degredo e ostracismo. Condenado seria à miséria de meus dias ou ainda, a mais temida, à morte.

Nunca cheguei ao final, por tantas vezes que desatinasse com isso; jamais ouvi a sentença. O tribunal não tem fim. As acusações, todas miseráveis, jogadas com espalhafato e estrondo na minha cara, se multiplicam em pequenos demônios e podem decretar minha desgraça, como se fosse pouca a qual estou submetido.

O medo que tinha desses diabos, eu sei, é remorso de minha vida. Fui um mentiroso. Operário laborioso a fabricar mentiras. Ajudei a construir multidões delas. Todas pequenas e desprezíveis. Fui da casta daqueles que compõem a indústria das notícias.

Ao menos nisso me pareço com o grande Cyrano: conhecemos muito bem a mentira, dela nos fartamos. Ele as inventava como um espadachim em suas lutas gloriosas e eu as transformava em mercadorias. Valiam dinheiro. As coincidências com Monsieur de Bergèrac param por ai. Sou tão falto de caráter que não acumulei inimigos. Ele os tinha de sobra de tantas qualidades a baterem em seu peito perfeito de personagem ideal. Eu, ao contrário, sou humano ordinário e morria de medo dos juízes.

De qualquer forma, nesse meu grande delírio, a hipocrisia não era apenas um adjetivo pessoal, mas se referia a uma imensa organização hipócrita, misteriosamente organizada e em marcha. Via uma grande bola viva que se alimentava das coisas que suga e aumenta, aumenta de tamanho e cada vez consome mais. Eu me agarrava tentando suportar a maré avassaladora de sua fagocitose, que arrancava metades de mim. Perdia partes de meu corpo a tempo de reflexionar sobre elas. Os demônios esquartejavam e me recompunham incessantemente.

# Não Tive filhos

Segue agora o meu capítulo das negativas. Poderia dizer como Brás Cubas porque também "não tive filhos. Não deixei a ninguém o legado de nossa miséria". Não encontro forças para contestar o dito por demasiado verdadeiro. O dito está, pois, dito.

Quero apenas acertar contas com Bentinho, outro personagem de Machado de Assis a quem já mencionei nessas Memórias. O derrotei quanto ao miserável fim: o meu é inigualável. Mas não há pior espécie de gente que Bentinho. Quando soube da morte de seu filho, não guardou sequer um minuto de luto. Vestiu-se e foi ao teatro. Caráter tão impiedoso assim nunca antes existira. Então por acaso não havia cuidado da rubéola e catapora do filho, não o alimentou, lavou os cueiros? Provavelmente, não. Fora meticuloso a planejar cotidianamente a infelicidade dos que o amaram.

Perdemos tempo a debater se seria ou não verdade a traição de sua esposa, Capitu, no livro *Dom casmurro*. O fato é que Bentinho acreditava nisso. Via nos olhos de seu filho crescido os olhos do traidor, seu amigo Escobar, que seria (ele assim pensava) o verdadeiro pai. Duplamente enganado por mulher e amigo.

Meus poucos amigos, muito poucos, não me traíram. Apenas a Luisinha, talvez, em única oportunidade. Angélica me traía semanalmente, mas, na verdade, o traidor fora eu: recusei a ambas. Perdi no quesito ser traído para Bentinho. Eu fui o traidor.

Preso em meu apartamento, escrevo para tentar entender o que se passou comigo. Por que termino assim solitário, doente e na pobreza. Bentinho escrevia também para entender o mesmo. Bonito, estudado, bem nascido e por vezes bem-sucedido, mas de nada adiantou: termina seus dias na solidão. Amarga coincidência a nos unir. Homens sem propósitos, projetamos apenas nosso sofrimento.

Gostava de repetir uma história para a Luisinha. Queria viver com ela e ter filho. Não o tive e nem consegui mantê-la ao meu lado. O episódio foi contado por um amigo que dizia ter colhido a anedota da tradição de seus ancestrais persas ou árabes.

Contou-me o caso com tal graça que dei ao fato o mesmo que ao dito de Brás Cubas, me esforço para repeti-lo a despeito da rudeza costumeira de minhas lembranças. Narrou que, ao contrário do que julgam, os recém-nascidos conhecem de tudo. Sábios, velhos eruditos do universo, lá estão antes dos gregos, juntos a Deus. Poderiam nos enlevar com sua discrição e conhecimento, mas, pouco antes de nascer, um anjo, especialmente treinado, coloca-lhes o indicador sobre a boca e ordena: silêncio!

Por isso trazemos uma elevação bem no centro entre o nariz e a boca moldada de tal forma a caber perfeitamente um dedo indicador. O meu filho, como bom e obediente, mostraria infinita paciência, toleraria a pobreza contentando-se com o leite das tetas de sua mãe. Nunca ostentar nem desdenhar. Permitiria que bebesse, depois me ajudava a subir as escadas.

Dava de ombros, surdo e respeitador, às nossas pequenas e infinitas atenções com ele, hóspede tão importante, e até sorria para dizer que compreenderia muito bem: nunca dar de luxos e nem diria isso ou aquilo para não magoar meu espírito: aprendera a dar-lhe valor.

Para não nos enfadar e nem se aborrecer, resolveu ir à escola. Preocupava-se com o corpo (essa sim, experiência nova e única). Esse meu rebento saudoso, especialmente por não ter vivido, sairia a passear comigo e sua mãe e, na hora certa, nos deixaria nos bancos das praças e buscaria outras almas. Sobressaltados, o procurávamos e ele toleraria nosso exasperar. Foi embalando-me, protegendo, dando lustros à minha alma até que, cansado, decide repousar e pede aos céus alguém que pudesse também protegê-lo e educá-lo.

Por antes pensar sempre em minha tão elevada e considerada alma e nunca na alma de ninguém, não tive filhos e cumpro a sina de não dividir minha miséria. A solidão é meu remédio e verdade. Desprezei as mulheres de minha vida, mas Bentinho é pior e me consola: desprezou o filho que deus lhe deu.

FIM

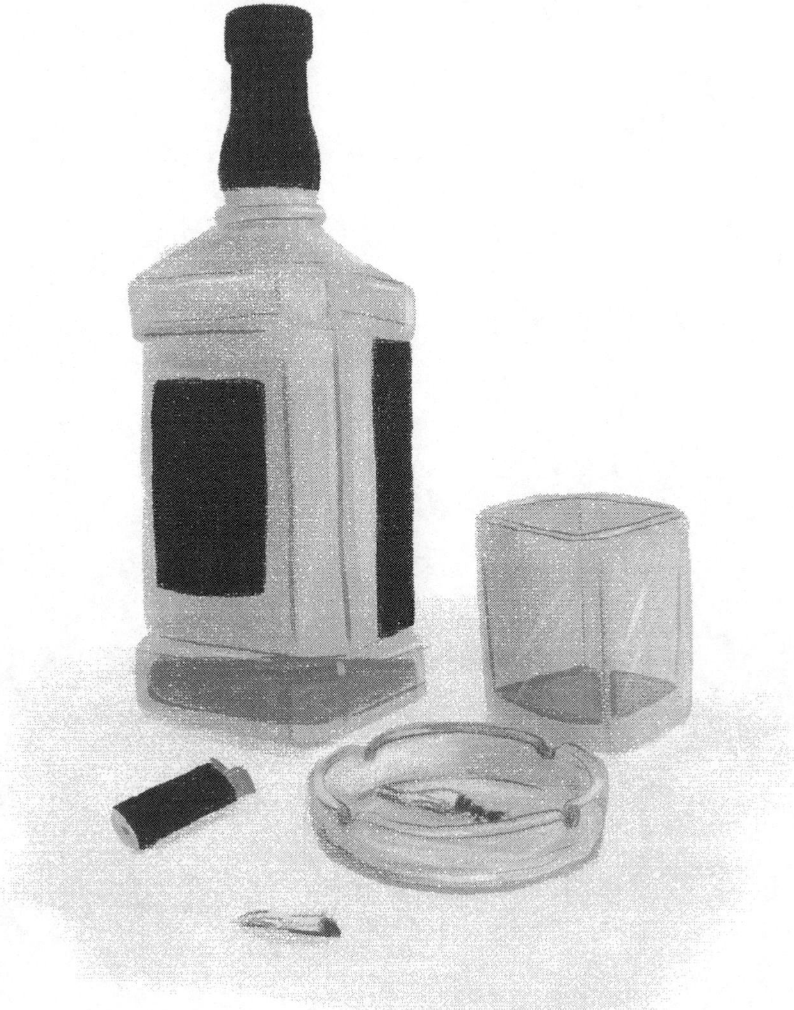

## Posfácio

# MEMÓRIA, DELÍRIO E A VERDADE DA FICÇÃO[5]

*Por Edmar Monteiro Filho*[6]

Em resposta aos exageros derramados do romantismo e do naturalismo, a literatura do século XIX passou a se movimentar em busca de novas soluções artísticas. Arrastadas pela vaga incontrolável das vanguardas, as velhas e empedernidas formas literárias foram dando lugar a várias correntes, tanto unificadas pelo intenso desejo de mudança, como diversificadas em relação aos caminhos adotados para atingi-la. No romance, ganha espaço o realismo radical de Flaubert, pregando um texto livre das manifestações explícitas do autor, um "método implacável" de criação que tomasse como modelo as ciências físicas, em busca de uma desejável "desumanização da arte". Surge o experimentalismo extremo de Joyce, com seus fluxos de consciência, enredos fluidos e jogos verbais. Mas ganha

[5] Ao longo deste texto são feitas diversas referências ao enredo do livro.

[6] Doutor em Teoria e História pela Universidade de Campinas (UNICAMP), autor, entre outros, de *A lápis* (poesia) e *Fita azul* (romance, finalista do Prêmio São Paulo de Literatura, 2012).

espaço, principalmente, uma liberdade na reelaboração dos modelos tradicionais, acrescentando-lhes uma amplitude de que antes não desfrutavam. Assim, é possível termos hoje um texto memorialístico – que já fora remodelado no *Brás Cubas*, de Machado de Assis, nos moldes do *Tristram Shandy*, de Laurence Sterne – mesclado ao picaresco com tintas melancólicas, compondo uma narrativa híbrida que assume a multiplicidade de suas influências, como em *Memórias de um melancólico delirante*, de Leandro Carlos Esteves.

Livro de memórias, por princípio e definição, este primeiro romance de Leandro declara seu vínculo com o gênero picaresco logo em suas primeiras linhas, conforme anuncia o narrador memorialista: "Sou picaresco. Andei por aí, fiz e não fiz. O leitor que aquilate". E é justamente buscando aquilatar a real dimensão dessa afirmativa que o leitor se depara com a segunda provocação que o autor elabora. Segunda, de fato, pois já cabe perguntar de primeiro: como confiar nas afirmações proferidas por um narrador que se autointitula melancólico delirante?

O crítico inglês Percy Lubbock declarou que o livro nunca é uma forma pronta e sim um processo que engloba o texto em si e as imagens que este constrói no pensamento do leitor. Em razão disso, todo projeto de análise literária necessitaria levar em conta a ambiguidade entre a obra de arte material e "o fugaz movimento da vida" que se forja diante dos nossos olhos, página após página. E se o romance em seu delineamento formal surge num instante, para logo ser ofuscado pelo fluxo da vida que dele irrompe, cabe organizar esse fluxo para que seja possível abordar a obra com certa coerência. Então, a partir das peças iniciais oferecidas pelo autor, das estratégias literárias declaradas ou não e do enredo composto por blocos desordenados de memória, recortados por informações e digressões que transitam com liberdade pelo universo narrativo, é preciso buscar a(s) identidade(s) desse cativante *Memórias de um melancólico delirante*.

Eis o ponto de partida: Leonardo, o pícaro melancólico que delira, propõe-se narrar suas memórias a partir de um estado de "morte em vida". A recusa inicial em abordar esse presente deve-se, segundo o protagonista, ao cuidado de não "assustar o leitor", fazendo crer que os acontecimentos narrados conduzirão, fatalmente, a um momento adverso ao extremo. O expediente é engenhoso e desafiador: o anticlímax sugerido não deve frustrar o suspense desejado. Porém, tão logo Leonardo apresenta alguns dos personagens que farão parte do enredo de sua vida e começa a anunciar traços temporais e espaciais dessa jornada, expõe também as bases da sua estratégia narrativa: "A memória lembra as marés e as ondas (...): o previsível e o inesperado ao mesmo tempo. É dessa forma que nos assaltam os golpes da memória. (...) Essas narrativas irão ao sabor da aparição das recordações, por isso será caminho tortuoso e por vezes desconexo."

Dessa forma, liberto das amarras da cronologia rigorosa, pode o protagonista desfiar suas lembranças num ritmo que mimetiza o próprio mecanismo volúvel da memória, ora evocando os acontecimentos, ora sendo surpreendido pela irrupção de uma recordação aleatória. Por isso, o texto assume sem remorsos o fluxo descontínuo do elemento do qual se constitui.

Na última quarta parte do livro, o memorialista convida o leitor a encarar as declarações que apresenta em seguida como um misto de alucinação, recordação e realidade, admitindo misturar visões do passado e do presente de modo indistinto. E já nas páginas finais, confessa: "Fui um mentiroso. Operário laborioso a fabricar mentiras. Ajudei a construir multidões delas. Todas pequenas e desprezíveis. Fui da casta daqueles que compõem a indústria das notícias". Ainda que Leonardo faça referência cruzada, mencionando tanto sua profissão na área de propaganda como os descaminhos da própria vida, essas e outras de suas falas agem de forma a borrar constantemente a credibilidade daquilo que narra, mesmo em momentos mais confessionais. Entremeados à galeria de aventuras e recordações do personagem, eclodem pequenos efeitos que interrompem o fluxo da história para introduzir reflexões, explicações, devaneios de toda sorte, como a lembrar o leitor de que se acha diante do fluxo da memória inconstante do narrador. Assim, a memória aparece entrecortada, mercê do mecanismo de indefinição que lhe é próprio, como também dos delírios do protagonista e da assumida propensão deste de fabricar verdades. Mas não é mesmo este o traço do ficcionista? A melancolia delirante de que padece Leonardo – mal que se caracteriza por estados depressivos, alucinações, angústia, delírios e ideias hipocondríacas –, é por si mesma a licença de que se vale para dispor com liberdade de suas próprias lembranças, segundo uma organização que convém à história que deseja contar. Dessa forma, Leandro, o autor real, veste-se como Leonardo, o personagem-narrador de sua trama, para engenhosamente criar o autor implícito que distribui verdades e inverdades, fatos e delírios, embaralhando as certezas do leitor. Por isso tudo, cabe considerar a afirmativa inicial do protagonista de que sofre de uma propensão para borrar os limites entre a verdade e a alucinação como sendo um recurso literário elaborado para oferecer ao autor real liberdade extrema para tratar da matéria literária. E aqui é pertinente observar também que as intervenções constantes do narrador no fluxo de suas lembranças, a amarração engenhosa dos blocos temporais, desvelam sutilmente a presença desse autor real que sumariza, explica, acrescenta à trama, sem os pudores de se deixar ver, procedimento que faria o horror do realismo extremo, mas que funcionam à perfeição, justamente pela forma precisa como tais recursos são utilizados. E o que dizer da filiação assumida ao gênero picaresco? A essa altura já resta claro que o uso das referências é parte importante do jogo literário proposto por Leandro Esteves. O pícaro, personagem-tipo já presente em textos do início da Era Cristã, mas que começa a tomar formas definitivas em romances e novelas de cunho satírico do final do século XVI, na Espanha, é um indivíduo ardiloso, espécie de delinquente, vivendo às margens dos poderes constituídos e que busca, por meio de expedientes ilegítimos, garantir seu sustento e ascender socialmente.

Leonardo, anti-herói personificado, perde a mãe aos quatro anos de idade e desconhece o pai. Aos vinte anos, vê-se totalmente só no mundo após a morte da tia alcoólatra que se encarregara de sua criação. Dessa velha tia herda casa própria e a profissão de educador, mas a mágoa pelo pai acovardado diante da gravidez indesejada, as dificuldades financeiras crônicas e a traição da mulher amada vão impondo marcas indeléveis em seu temperamento, empurrando-o para as decisões extremas na busca por prestígio e fortuna e que acabarão por levá-lo à triste condição na qual se encontra ao iniciar seu relato. Assim, o conhecimento prévio do resultado das aventuras do protagonista, marca do gênero picaresco, que se vale muitas vezes da estrutura de falsa biografia, não diminui o interesse de acompanhar os seus desacertos, seus raros momentos de paz e alegria (em geral restritos à infância e juventude), seus fracassos rumorosos, tudo narrado com destreza de linguagem e imaginação. E se *Memórias de um melancólico delirante* termina como iniciou, em tom sombrio de castigo ao protagonista "solitário, doente e na pobreza", o sentido dessa pena é distinto daquelas impostas aos pícaros clássicos, carregadas de um determinismo pedagógico-moralizante.

Leonardo sofre por uma disposição de espírito: "Defendi minha solidão como o soldado a cidadela"; "Eu era meu pior inimigo: exagerava, distorcia, devaneava"; "Sou tão falto de caráter que não acumulei inimigos". Assim, reconhecendo as próprias tendências como responsáveis pelos resultados desastrosos que acumula em episódios de sua vida, assume também a autodepreciação típica dos melancólicos, mas não se esquiva, imaginando causas metafísicas ou fatalidades incontornáveis para explicar as origens de seus males.

Ainda sobre a relação das memórias delirantes de Leonardo ao gênero picaresco, caberia dizer que lhes falta a ironia mais franca, o sarcasmo, o humor burlesco típicos. Talvez falte também ao personagem a astúcia debochada de um Sancho Pança, de um Tartufo, de um Lazarillo de Tormes. No entanto, a dimensão da crítica à hipocrisia e da denúncia dos males endêmicos que assolam a estrutura da sociedade brasileira aparecem contundentes em inúmeros momentos do livro. O que importa ressaltar aqui é a liberdade com que o texto borra os limites tradicionais dos distintos gêneros literários e a forma natural como os registros se confundem e se harmonizam para compor um conjunto que amarra a atenção, levando o leitor adiante sem lhe soltar as rédeas. Pelos interstícios do procedimento memorialístico, imiscuem-se pinceladas do relato policial; o romance de aventura brota sem sustos por entre as reminiscências de infância; a ambientação em um contexto sócio-histórico demarcado permite ainda a emergência do registro jornalístico e o conhecimento de distintos cenários da capital paulista autoriza o autor a enveredar com segurança pela crônica.

O viés cronístico presente em *Memórias de um melancólico delirante* não vive somente das recordações de uma São Paulo dos anos 1980 e 1990, cenário primeiro das aventuras de Leonardo. O autor leva seu personagem às profundezas do Brasil central para cavoucar as histórias de exploração das gentes desfavorecidas pela falta de escrúpulos e pela ganância dos poderosos, histórias de corrupção atrelada à política predatória e da violência a reboque dos insolúveis problemas fundiários que afligem o país. Ao se tornar uma espécie de Kurtz (o inesquecível personagem de *O Coração das trevas*, de Conrad) do centro-oeste brasileiro, cercado de capangas armados e investido de um poder nascido da arbitrariedade, Leonardo personifica figuras reais da nossa história recente que, protegidos pela impunidade e pela intimidação, fizeram fama e fortuna à custa da miséria e da ignorância das populações.

Cronista das agruras vividas por um Brasil rateado durante a onda desenfreada das privatizações, aturdido pelos planos econômicos que sugaram as finanças populares e corroído pela ruína moral de seus governantes, Leandro Esteves retrata o momento em que as esperanças de um futuro brilhante para o país se despedaçam ante a certeza de uma realidade imutável. Fazendo contraponto, surgem as belas descrições da fauna e da flora da região do Parque Estadual da Terra Ronca, em clima de encantamento. Porém, a crônica da cidade de São Paulo, extraída das memórias de Leonardo, é um cenário decorado pelas tintas do sentimento. Ainda que o submundo do crime e da prostituição revele-se parte da mesma estrutura social corrompida, aparece atenuado sob o véu da nostalgia. As jornadas do personagem pelo centro degradado da capital paulista, esbarrando com "malandros, ladrões, proxenetas, garotos de frete, trombadinhas" e viciados de todo tipo, são também pretexto para recordações sobre o breve momento de glória experimentado pela indústria cinematográfica brasileira na década de 1970, graças às pornochanchadas produzidas na chamada "Boca do Lixo". As lembranças da juventude, por sua vez, trazem uma emocionada história do futebol varzeano, intimamente entrelaçada à crônica do samba paulistano e à rivalidade entre as tradicionais escolas Camisa Verde e Branco e Vai-Vai e os bairros da Barra Funda e Bexiga. Enquanto o garoto Leonardo pedala pelas ruas do velho centro de São Paulo ou o professor desiludido chacoalha nos trens suburbanos superlotados, o cronista desata sua paixão pela cidade. Se é fato que a melancolia atravessa a todo momento as recordações do protagonista, que o esboço do submundo paulistano e que os episódios da crônica policial sugiram um olhar hostil perante a metrópole desumana, a minúcia na descrição dos espaços e trajetos, com o cuidado na enumeração dos nomes das velhas ruas centrais, a transcrição das letras dos antigos sambas, o respeito pelos personagens reais e fictícios que povoam o relato, traem o carinho do autor por uma São Paulo sua, inolvidável, preciosa.

Por fim, é preciso mencionar as várias referências literárias, explícitas ou não, que Leandro espalha ao longo das páginas de *Memórias de um melancólico delirante*. O nome do personagem principal é declaradamente extraído de *Memórias de um sargento de milícias* e, tal como o protagonista do romance de Manoel Antônio de Almeida, o melancólico Leonardo tem também a sua Luisinha. Igualmente privado muito cedo da presença dos pais, o Leonardo de Macedo vive também a sua cota de aventuras, tingindo a narrativa com o mesmo tom picaresco assumido por seu homônimo. Entretanto, é o destino final dos dois que acaba por distanciá-los de forma absoluta. O narrador de Leandro Esteves recorre a outro personagem literário, o Bentinho, de *Dom casmurro*, para justificar a tentativa de ordenar seus pensamentos por meio da escrita. Os dois, vivendo um presente amargurado e solitário, remetem-se ao passado em busca de sentido para seus infortúnios. Como Bentinho, Leonardo "asila-se para ordenar as memórias". E se é a desconfiança o foco destrutivo na vida do personagem de Machado, Leonardo entende ser portador de um "certo distúrbio", um "transtorno delirante", embora não deixe de reconhecer seu orgulho de ferro como fator decisivo para seu desventurado destino. Assinalando as semelhanças entre essas histórias de vida, afirma: "Amarga coincidência a nos unir. Homens sem propósitos, projetamos apenas nosso sofrimento". Mas acrescenta: "Perdi no quesito ser traído para Bentinho. Eu fui o traidor". Ao descrever sua condição após um ataque cardíaco e o AVC que deixa parte de seu corpo paralisado, Leonardo compara-se ao personagem Medardo di Terralba, o Visconde Partido ao Meio, de Italo Calvino. Pensando no fim, sonha poder narrar em memórias póstumas uma morte gloriosa como a de Cyrano de Bergerac, imortalizado por Gérard Depardieu, mas se reconhece distante do famoso espadachim, "o maior dos escritores, valente, invencível, espirituoso, forte", ainda que horrível e incurável mentiroso. E vale destacar ainda a autorreferência, quando Leandro traz para a trama, como amigo e parceiro de trabalho do protagonista, o coreano Woo, descrito como homem de dois metros de altura, acometido por graves problemas de fala por ter perdido metade da língua. Os acontecimentos que teriam ocasionado a mutilação de Woo estão descritos em A História de Woo, conto que aparece no livro *Anhangaçu – nada será como antes,* de autoria do próprio Leandro. O livro, uma esmerada coletânea de textos curtos, publicado em 2016, já apresenta o ampliado repertório do autor, suas preferências narrativas, seu foco voltado especialmente para a cidade de São Paulo e para os episódios da história recente do país, trazendo ainda, como carro chefe, o conto-título, que emula o clássico *Macunaíma,* num diálogo enriquecedor com a obra-prima de Mário de Andrade. Repertório: essa pode ser a divisa mais adequada para buscar as qualidades destas memórias ficcionais. Leandro Esteves transita por referências múltiplas, tanto quanto aos gêneros literários dos quais se aproxima, como dos temas que visita ou da liberdade empregada para mesclar esses elementos, compondo um texto fluido e harmonioso, inventivo e cativante. Coloca-se à vontade perante o leitor, delineando a personalidade de seu *alter ego* sob os limites frágeis do delírio, de modo a se permitir o uso da voz própria como comentador, sem os desnecessários pudores com a pureza das formas, permitindo-se também transitar à rédea solta pelos territórios conhecidos da história brasileira, pelos caminhos da denúncia da sociedade cravejada de injustiças, enriquecendo essa vida que se descortina melancólica, mas fascinante. Hoje já não se pode deixar de reconhecer a impossibilidade do apagamento radical de toda e qualquer intrusão do autor no corpo do relato. Essa proposta de um texto objetivo e impessoal, totalmente dramatizado, no qual nada se interponha entre a mente ativa do leitor e a ação, mostrou suas lacunas, na medida em que o juízo do autor estará sempre presente, mesmo quando este opta por se manter oculto. Quando se trata do texto memorialístico em particular, no qual o filtro está necessariamente situado na consciência do personagem-narrador, a cartilha realista sugeria o apagamento da figura do autor real por meio de recursos e subterfúgios diversos. Em *Memórias de um melancólico delirante,* Leandro Esteves está tão presente quanto Leonardo da Rebouças e é o extenso repertório do primeiro que dialoga a todo momento, de modo franco – muitas vezes através de uma retórica sem disfarces – com o universo imaginado para e pelo segundo. O personagem fala de si, caracteriza-se, explica-se, apesenta a interpretação particular de sua personalidade e de seus atos. Assim, constrói conosco a afinidade própria dos protagonistas marcantes da literatura, atrai nossa compaixão, à medida que descreve seus revezes, compartilha suas aventuras e a tristeza que o maltrata. Entretanto, se o melancólico Leonardo designa seu relato como um grande delírio, é Leandro quem sorri às suas costas, assumindo a ficção em diálogo aberto com o leitor.

Memórias delirantes, romance cronístico, texto picaresco, realista, jornalístico, não importa. A mistura é consistente. Trata-se de ficção, de ficção de ótima qualidade.

# AUTOR E OBRA

Leandro Carlos Esteves nasceu na pequena cidade de Lins, no oeste do Estado de São Paulo, em 19.11.1960. Em 1977, vem para São Paulo, onde se forma em Jornalismo, pela PUC (Pontifícia Universidade Católica). Cursa a Faculdade de História, com ênfase em métodos e pesquisa histórica, Antiga, Medieval e História do Brasil tanto na PUC quanto na Universidade de São Paulo (USP) onde também estudou filosofia.

Numa São Paulo conflagrada contra a ditadura instalada no Brasil em 1964, que compeliu estudantes, intelectuais e trabalhadores a lutarem contra a opressão e a miséria implantadas pelo regime militar, o jovem "Leo" fez seu "batismo de fogo" ou sua "educação (nada) sentimental", ao lado dos oprimidos.

Nesse período, foi repórter e editor na imprensa sindical, e participou na elaboração do livro *História do sindicato dos metalúrgicos de Santo André*. Mais tarde, trabalhou como setorista de informática e tecnologia no "Diário do Comércio e Indústria" (DCI). Realizou matérias, como repórter *freelancer*, para vários órgãos de imprensa. Ainda foi assessor de comunicação e imprensa de diversas empresas nacionais e estrangeiras da área de tecnologia e telecomunicações, tendo executado centenas de traduções técnicas.

Trabalhou como repórter, editor e assessor de comunicação e imprensa, pesquisa e geração de conteúdo para eventos da Federação Brasileira dos Bancos (FEBRABAN), e editava a

"Revista Ciab Febraban", especializada em tecnologia corporativa e finanças, experiência que lhe descortinou o abstrato e obscuro mundo dos negócios.

Mais recentemente, como pesquisador na novela *Órfãos da terra* (da Rede Globo de Televisão), ajudou a arrebatar prêmios internacionais, incluindo o Emmy, considerado o mais importante na modalidade. Colaborou como roteirista e pesquisador para várias obras de cinema e teatro. Em 2016, lançou o livro de contos *Anhangaçu – nada será como antes* (Dobradura Editorial, São Paulo, SP), a respeito do qual Paulo Lins, autor do romance *Cidade de Deus*, escreveu: "Esse é um dos melhores livros que já li. (...) pela habilidade da escrita do autor, pelo conhecimento de causa, pela sua sinceridade artística, pela influência de grandes autores, pelo diálogo aberto com a tradição e com a produção atual."

Pólen soft 80 grr/m2
Tipografia palatino linotype
Impresso na primavera de 2021